DU MÊME AUTEUR

CÉSARINE DE NUIT, récit, Cheyne éditeur, 2012.

SYLVIA, récit, Cheyne éditeur, 2014.

NOS MÈRES, roman, Verdier, 2014 (Folio nº 7040).

PENSE AUX PIERRES SOUS TES PAS, roman, Verdier, 2018 (Folio nº 6900).

MOI, MARTHE ET LES AUTRES, roman, Verdier, 2018.

MAHMOUD OU LA MONTÉE DES EAUX, roman, Verdier, 2021 (Folio nº 7188). Prix Wepler, prix du livre Inter.

LE MUSÉE DES CONTRADICTIONS, nouvelles, Éditions du sous-sol, 2022 (Folio nº 7258). Prix Goncourt de la nouvelle.

LE PLUS COURT CHEMIN, récit, Verdier, 2023. Prix Victor Rossel, prix Valery Larbaud.

HAUTE-FOLIE

ANTOINE WAUTERS

HAUTE-FOLIE

roman

nrf

GALLIMARD

La solution du problème que tu vois dans la vie, c'est une manière de vivre qui fasse disparaître le problème.

LUDWIG WITTGENSTEIN

Qu'importe si celui qui s'apprête à briser le silence, si celui qui parle après que toute sa lignée s'est tue, si celui-là est pris pour un menteur ou pour un fou. À ce moment de mon histoire, moi, je ne pouvais plus faire autrement. Les trous d'ombre qui avaient digéré ma mémoire, je devais y plonger.

Impossible de dire comment ça s'est passé. Ce qui a fait que je suis finalement retourné là-bas, dans ce pays que j'avais perdu de vue et que ma mémoire même avait englouti. Il a fallu que ma mère s'en aille, qu'elle parte, que sa bouche se ferme à jamais pour que, par un étrange jeu d'inversion, ce qu'elle avait décidé de taire durant sa vie se donne à entendre, comme un appel lointain. Impossible de dire comment j'ai reçu cet appel. Peut-être que c'était en moi depuis toujours. Peut-être que ce qu'on croit avoir perdu continue de vivre en nous, comme dans une petite chambre à cheval entre mémoire et oubli, ou plus exactement, une petite chambre de mémoire en plein cœur de l'oubli. Je le crois. Je crois que certains êtres ne nous quittent pas, même quand ils meurent. Ils disparaissent, or ils sont là. Ils n'existent plus, or ils rôdent, parlant à travers nous, riant, rêvant nos rêves. De même, quand on pense les avoir oubliés, certains lieux ne nous quittent pas. Ils nous habitent, nous hantent, au point que je ne suis pas loin de croire que ce sont eux qui écrivent nos vies. La Haute-Folie est un de ces lieux. Toute notre histoire tient dans son nom.

L'INCENDIE

Minuit cet été-là quand la foudre frappe le vieux tilleul, l'atteint au cœur, le cuivre et le roussit, puis, changée en torche, quand elle s'invite dans les hautes terres, entre les haies à chauves-souris, et remonte jusqu'à la ferme pour entièrement la balayer, la dévaster.

Blanche, sous les jurons de Gaspard en train de cracher des seaux sur les stalles et les foins, sur les boiseries et les outils dix fois rôtis déjà, Blanche, sa femme, quitte la ferme sans bruit, se fraye un chemin entre le val et le replat vert, où, se retournant, elle aperçoit la grange, les corymbes du pommier changés en brandons roux, et les poils de leurs bêtes, dévastés, balayés.

Le souffle court, portant quelque chose ou, disons, le maintenant, mains sur le bas du ventre, elle gravit la côte débouchant sur la crête aux Cassis, et sur elle s'agenouille. Puis, n'y tenant plus, fondue sur un tapis de mousse, elle remonte sa robe à hauteur de genou et se met à hurler, des cris qui semblent contenir toute la douleur du monde, des cris tels que les flammes, tout en bas à la ferme, soudain se figent.

Gaspard est à présent allongé contre Blanche. Il a quitté la ferme et serre la main de sa femme qui continue de hurler, pousser, pousser et puis crier jusqu'à ce que, entre ses cuisses, le doux museau paraisse, puis la fine touffe de cheveux de leur premier enfant, ce garçon du malheur qu'ils baptiseront Josef.

Depuis le vieux tilleul, les flammes ont rebondi pour former au seuil de l'étable un gigantesque brasier. Vingt-cinq brebis sont mortes. Vingt vaches. Ne restent que les oies, huit vaches et le dindon. Plus tard, tout le pays racontera comment le brasier cuisit jusqu'aux yeux de Gaspard, courant avec ses seaux remplis de larmes, tandis que les flammes lapaient la terre et avalaient le reste. On parlera de l'éclair et de la colonne rouge descendue du grand arbre, puis de son avancée entre les cassissiers, dans les hautes herbes, et de comment elle entra à la Haute-Folie pour entièrement la balayer, la dévaster.

Chaque jour depuis le drame, pendant que Blanche se ronge les sangs, épuisée, mal nourrie, touchée par le typhus, Gaspard arpente le monde, la fumée blanche et bleue de sa pipe en écume de mer à ses trousses, à la recherche d'un autre travail. Ailleurs. Peu importe où. Le temps de se refaire.

Et cependant qu'il marche, il revoit en pensée le visage de son ivrogne de père. Et il le maudit, Gaspard. Trois fois il le maudit. Pour le mari violent. Pour le père impossible. Et pour l'abruti qui, sacrifiant l'avenir des siens pour sa dose journalière d'eau-de-vie, n'a pas jugé bon de l'assurer, la Haute-Folie.

Des fougères lui lèchent les chevilles, des ronces et des orties cinglent ses pauvres mollets, quand, depuis le sentier de Pisse-Vache, sur l'autre versant, il aperçoit la ferme, ses prés, leurs quelques bêtes encore debout, après quoi il se remet en route et accélère le pas. Il le jure et se le promet : il trouvera du boulot, il restaurera la ferme. Et il le hurle à la terre entière, aux humains et aux bêtes, aux enfants et aux dieux. Et tous le croient fou.

Un jour sur deux, on le retrouve endormi en bordure de chemin. Hagard. Perdu. Mais c'est le temps du regain, pense-t-il. Et le voici dans les vergers, fixant le soleil et faisant gonfler de fruits frais les poches de sa canadienne. Des prunes, c'est à peu près tout ce qu'il mange. Un œuf parfois, tiré d'un poulailler. Plus rarement un morceau de viande. Il agit en fantôme, sans se faire remarquer, sans plus penser à rien. Quand la faim croît, songe-t-il, l'orgueil décroît.

Comme on ne lui propose rien qui lui permette de se refaire, Blanche, de temps en temps, sillonne les environs pour l'aider dans ses recherches. En ce début d'hiver, le froid des campagnes mord, mais ils marchent, Gaspard en tête, Blanche ensuite avec Josef qu'elle tient collé à elle dans une sorte de filet à provisions. La bonne nouvelle, c'est que les huit vaches sauvées du feu ont été prises en charge par le frère de Gaspard, Léo, qui habite à vingt lieues de là, dans le village de Douve. Un immense soulagement pour Gaspard, qui avance sans rien dire aux côtés de Blanche, dont il saisit la main à défaut de trouver les mots. Car que dire, hein ? Que dire quand on a tout perdu ?

Quand ils tombent de fatigue, ils font halte sous une sapinière, maraudent, baguenaudent, boivent l'eau de pluie et celle des bêtes dans de grandes auges en pierre, puis se couchent autour d'un feu de bois, dévastés, balayés, foudroyés du sommeil des justes. Pour le reste, il connaît les périls, sait tout de la campagne, de ses hôtes, ses pièges et ses ravines. En revanche, du vaste monde au-delà du val, il ignore tout. Si bien que passé le replat vert, pour lui, le monde est vide. Il n'y a rien.

Près de deux mètres de haut, Gaspard. Large, un front bas et puissant, mais un regard infiniment doux. Ce géant, Blanche l'a aimé au premier coup d'œil. Non pour sa force ou pour sa taille hors du commun, non pour ses cheveux qu'il lui arrivait de natter comme des tresses d'oignons, mais parce qu'il avait ce regard-là, ce regard doux. Et cette droiture. Et elle, avec ses hautes et rondes pommettes toujours un poil rosées, et ses jambes increvables ne connaissant ni le froid ni la fatigue, lui aussi l'a aimée tout de suite. Car dans ses yeux brillait la lumière rare des gens qui voient un peu plus loin, s'était-il dit.

Depuis le haut d'une falaise, elle le regarde pêcher au milieu de grands lacs, dans des canots de bois. D'ici, mon géant ressemble à une allumette à bord d'une coquille de noix, pense-t-elle. Et la seconde qui suit, elle le voit jeter une misérable ligne qu'il ne surveille qu'à peine. Puis, au bout de quelques instants, délaisser ses avirons et haler quelques poissons à bord. De quoi manger le soir. Oui. De quoi chasser la faim.

Un esprit taillé en coin avec, au fond, des jalousies et des superstitions. Tels étaient les gens du pays, pensait-elle. Dans l'écorce des arbres, ils plantaient des clous à tête aplatie pour se débarrasser de leurs maux, croyaient que regarder un aveugle pouvait leur crever les yeux, et ne se rendaient service que s'il y avait quelque chose à gagner en retour. Leurs masures étaient sombres, étroites, peu accessibles à cause des immenses étendues d'eau et de forêt. À bien les observer, songeait Blanche, à bien les observer, oui, ces gens ressemblaient à un peuple de punaises de lit.

LE PACTE

Un matin, à la suite d'on ne sait quel coup de folie, Gaspard accepte d'un fermier du coin, riche bandit dénommé Jünger, un travail s'apprêtant à le ruiner bien davantage encore : restaurer l'aile ouest de sa ferme, dont les murs frôlent l'effondrement. En contrepartie, Jünger offre le gîte et promet un pécule qui permettra à Gaspard de rénover la Haute-Folie une fois le chantier fini. Ses dimanches seront libres, mais les travaux devront être terminés fin août au plus tard.

D'abord des cris, ensuite des larmes. « Ne fais pas ça, Gaspard ! Ne fais surtout pas ce que tu t'apprêtes à faire ! » Elle n'a aucune confiance en ce Jünger au nez plus laid qu'une vesse-de-loup, Blanche, mais le soir même, pourtant, Gaspard prend ses quartiers dans l'immense aile ouest de la ferme, un lieu gorgé d'humidité, sans l'ombre d'une gazinière ni d'un poêle à charbon, sans même parler de lit. Qu'importe. Pour lui, c'est la chance de leur vie. « Fin août, on sera tirés d'affaire. Fais-moi confiance, Blanche. »

Et pendant que Blanche, hébergée par Léo et sa femme dans leur ferme de Douve, s'occupe du petit Josef, il avance dans la restauration à un train d'enfer. De l'or dans les mains et un courage à toute épreuve, Gaspard. Alors il en est sûr, il sera dans les temps. Ses dimanches, il les passe aux côtés de Josef, qui grandit à vue d'œil, et de Blanche, avec qui il partage de courtes pauses au fond des champs, à qui il tresse des couronnes de pâquerettes et qu'il embrasse sans plus finir, avant de s'assoupir à ses côtés en ne pensant plus à rien. Quel âge peuvent-ils avoir ? Trente ans, guère plus, mais on dirait qu'ils se connaissent depuis toujours. En attendant, Jünger ne leur a encore versé aucun pécule et, si Gaspard est serein, il préfère cependant n'en rien souffler à Blanche. Rien ne sert de l'affoler, n'est-ce pas ? À quoi bon affoler ma belle ?

Fin août, les travaux sont finis. Jünger est heureux. Il a beau inspecter le chantier à la recherche de petites erreurs que n'aurait pas notées Gaspard, des petites choses cachées, un loup, une malfaçon, il ne trouve rien à redire et le félicite en lui offrant un verre d'eau-de-vie. « Santé, Gaspard ! Et félicitations ! » Les verres se suivent, s'enchaînent, mais Jünger garde la tête froide, tandis que pour Gaspard la terre tourne de guingois.

Un bref silence, puis c'est parti. « Tu veux la restaurer, la Haute-Folie, c'est ça ? Alors voilà ce que je te propose : tes vaches, chez ton frère, je te les rachète. Il y en a huit ? Parfait. Je les prends toutes. » Une idée folle. Pour rien au monde Gaspard ne se déferait de ses bêtes, auxquelles il doit sa vie et celle de sa famille. Pour rien au monde. « C'est non, monsieur Jünger. Jamais de la vie. » La promesse de pécule ? Gaspard n'y revient pas. Il n'ose pas.

Mais quand Jünger, sur le tonneau où est posée la bouteille à moitié vide, trace dans le voile de poussière qui le recouvre un chiffre à plusieurs zéros, Gaspard reste sans voix. « Toutes tes bêtes, Gaspard. Je les veux toutes. Pour ce prix-là. »

L'accord est conclu sur-le-champ et c'est en zigzaguant, des étoiles plein les yeux, que Gaspard s'en retourne auprès de Blanche. Avec cette somme, pense-t-il, avec cette somme. Et il s'endort dans un fossé en rêvant d'une vie meilleure et des plans de rénovation de leur ferme. Dans son sommeil, il observe ses champs qui lui paraissent immenses, et, dans ses vergers, la peau fine de ces poires délicieuses, fondantes, qu'il coupera à l'arrière-saison et offrira à leur second enfant, qui grandit pour de vrai dans le ventre de Blanche. Puis, toujours dans son sommeil, il entend le rire de son père qui résonne à la Haute-Folie, il traverse la cour, entre dans une étable, en ressort et peu à peu, à mesure que le rire de son père grandit, la panique le gagne. Alors il s'agenouille et s'entend dire, tout bas, qu'il veut retrouver ses bêtes, toutes, et vivre comme avant. À son retour, il ne dit pas un mot de son rêve à Blanche. Et encore moins de son marché avec Jünger, ce bandit, ce brigand.

Jünger a emporté les bêtes en pension à Douve et versé l'argent sans faire d'histoires. Par conséquent, Gaspard a acheté du matériel, des tuiles, du bois d'œuvre, des poutres et des rondins. Le temps est beau, chaud mais pas trop et sans une goutte de pluie. Les travaux avancent bien. Si tout se passe comme prévu, ils seront terminés pour la naissance du second ou, nul ne sait, de la seconde. Cerise sur le gâteau, Léo débarque parfois à l'improviste après avoir fendu le pays sur des lieues et des lieues, coupé à travers champs, fui comme la peste la compagnie des hommes et brisé le cou des ronces de sa verge en noisetier. Il débarque, voilà, et leur prête main-forte.

De son côté, Blanche s'occupe de Josef en s'efforçant de se rassurer, car elle a parfois de mauvaises pensées : quelque chose va se passer, s'entend-elle dire, un drame, une calamité, un fléau, et elle regarde Gaspard avec insistance, comme si elle attendait de lui qu'il lève ses inquiétudes. Un soir, elle lui jette un regard noir. « J'espère seulement que tu sais ce que tu fais, Gaspard. »

Au milieu des pleurs de la petite Jeanne – elle est née –, des hommes pénètrent dans la cour. Parmi eux, reconnaissable à l'étroitesse de sa carrure et à son nez hideux : Jünger, qui semble soucieux. Les hommes qui l'accompagnent n'arrêtent pas de jacter, un mélange de voix tel qu'on ne distingue pas leurs propos. Dans le corps de logis, au même instant, on célèbre la naissance de Jeanne et la bonne avancée des travaux. Avec Léo et sa femme Anna, on boit de la bière, on chante au son de l'harmonica, on rit. Mais, devinant l'agitation dans la cour, Gaspard quitte ses convives et se retrouve dehors. Il a envie de paix, de joie, d'espoir, et voilà pourquoi son sang se fige quand il voit, sous la porte cochère, le visage fermé de Jünger. Il se raidit, recule jusqu'à se retrouver dans son propre vestibule, où Blanche le rejoint avec Jeanne dans les bras, suivie par Léo et Anna, qui porte Josef.

Il ne supporterait pas, Gaspard, là, au milieu de la fête, une autre mauvaise nouvelle. Sa tête tourne. Il prend appui sur le chambranle, et tandis que Jünger et ses hommes lui font face, sa respiration s'accélère, sa nuque se couvre de sueur, son front se glace. « Les bêtes que tu m'as vendues sont malades ! Elles meurent les unes après les autres. Tu m'as fait acheter des cadavres, Gaspard ! » Jünger ne le quitte pas des yeux en prononçant ces mots.

Dès lors, ce qu'il souhaite, ce qu'il exige, même, et disant cela ce sont ses hommes qu'il regarde, c'est que l'entièreté de la somme lui soit restituée ou, à défaut, qu'ils trouvent un arrangement.

Vient le silence. Puis, le cœur tout en palpitations, c'est Léo, le brave Léo, qui intervient. « Ses bêtes étaient plus saines que des biberons de lait ! Escroc ! » Il fulmine. Gaspard, lui, ne dit rien. Qu'on puisse, devant les siens, le suspecter d'avoir voulu rouler quelqu'un, qui que ce soit, fût-ce Jünger, il ne peut pas, c'est trop. Voler un œuf quand on a faim, d'accord. Tromper quelqu'un, jamais. Un homme droit, on l'a dit.

Et quand bien même il voudrait se défendre, les mots ne sortiraient pas. Il ne les possède pas, Gaspard, les mots. Comme les autres hommes de la lignée, c'est un dur, mais pour ce qui est de parler, on repassera. Quant à Jünger, il n'a aucun scrupule à aboyer. « Tu m'as fait acheter des cadavres. Tes bêtes crèvent les unes après les autres. Tu m'as vendu la mort, Gaspard. »

Une nouvelle fois, Léo s'oppose, brandissant le poing, un gros poing noueux qu'il agite sous le museau de Jünger en réclamant des preuves. Mais alors, d'une voix étonnamment claire, Gaspard, soudain, déclare ceci : « Entendu, monsieur, je vous rembourserai. »

Comment faire ? Comment rembourser le prix de ses vaches ? Il n'a pas le choix et met la Haute-Folie en vente. Elle a brûlé, elle a ressuscité, maintenant il faut la vendre. Ils iront s'installer ailleurs. Ils trouveront d'autres champs, d'autres terres. Le monde en est peuplé. Peut-être pas d'aussi beaux, songe-t-il, mais il en est peuplé.

Évidemment, la ferme mise en vente, c'est Jünger le madré qui rafle la mise. Elle est à lui, il l'achète, puis y installe trois familles de locataires et s'en retourne à ses brigandages, en ne laissant à Gaspard qu'un bénéfice modeste, un détail en regard du reste, qui ne sera jamais rendu.

JE N'Y SUIS PAS ARRIVÉ, PARDON

Douve. Ils prennent leurs quartiers chez Anna et Léo. Une ferme modeste, mais gérée de main de maître par ce dernier. Josef a maintenant presque deux ans. Chaque matin, il explore les environs aux côtés d'Anna, qui récolte le lait dans une écuelle en émail glacé, et le lui donne, assise sur une meule depuis laquelle elle lui montre les vaches et les veaux, les brebis et les poules, mais jamais les taureaux, qui font peur à Josef. Pas les taureaux.

De son côté, Blanche veille sur Jeanne avec abnégation, Jeanne qui ne dort presque pas, semble ne pas aimer le contact de la peau de sa mère, ni d'aucune autre peau, Jeanne qui ne pleure jamais et ne réclame jamais à boire. Pour autant, on ne s'en fait pas. La vie doit reprendre coûte que coûte et, pour Blanche, le sentiment d'être dans sa belle-famille un peu comme un cheveu dans la soupe, l'oblige à s'accrocher et à faire bonne figure. Seul Gaspard fait grise mine. Et ressasse en silence : Si Jeanne est comme ça, c'est ma faute. Tout ce qui nous arrive est ma faute.

Quand l'état de sa fille l'inquiète trop, Blanche, discrètement, ouvre son carnet de mariage et s'y plonge des heures entières : « Il faut réprouver complètement l'usage des petits tampons, appelés vulgairement nouets ou sucettes, employés pour tromper la faim ou calmer les cris de l'enfant. D'autre part, comprimer ou pétrir sa tête sous prétexte d'en régulariser la forme, est un acte absurde qui expose le nouveau-né à de graves dangers. En hiver, sa couchette doit être maintenue à une température douce au moyen d'un cruchon contenant de l'eau chaude. Elle sera abritée par un rideau de mousseline légère. Quant à son maillot, il ne peut, sous aucun prétexte, être serré au point d'entraver ses mouvements ; il sera fixé au moyen d'épingles de sûreté ou de cordons. Pas plus qu'une plante, souvenez-vous que votre enfant ne peut se développer dans un endroit privé d'air et de lumière. »

Les mois passent. Et tandis que Léo se tue au travail, Gaspard reste prostré dans un fauteuil qu'il ne quitte plus, même pour les repas. Tout bas, il émet d'étranges borborygmes qui, tous, disent son obsession de trouver un toit pour lui et les siens. C'est devenu une maladie. En rêve, il parle d'une petite exploitation qu'il a vue, un endroit calme dans la vallée, où poussent les balsamines et des poires succulentes qu'il cueillera à l'arrière-saison. Il parle de bêtes nouvelles qu'il vient d'acheter et de la couleur exquise de leur viande, douce et grasse sous la langue. Il chante des petites choses, des paroles sans raison, disant que tout ce qu'il veut c'est se réveiller là, parmi des bêtes qu'il peut battre s'il le veut, s'il le faut, si elles n'obéissent pas, et revendre au prix fort dans le pire des cas. Et dans ses yeux, oui, dans les grands yeux de Gaspard, c'est la folie qu'on voit.

La seule chose qui lui plaît, c'est un verre d'eau-de-vie, le soir, avec Léo. Un verre, puis un deuxième. Après quoi, reprenant le fil de ses ruminations, il se met en colère, mais une colère rentrée qui, sans lever la voix, l'amène à répéter qu'il va se refaire, qu'il en est sûr et que le monde, alors, le monde entier pleurera devant la qualité de sa viande, le confort de leurs chambres, de leur cuisine et des vastes étables où seront leurs bêtes. « Ah, mes parfaites génisses ! Vous verrez quels champs incroyables, quelles prairies je vous ferai ! Quel avenir pour nous tous ! »

Il sait, bien sûr, que rien de tout ça ne se produira, que ce qui a été perdu l'est à jamais, et qu'il est seul responsable de la débâcle. Ses nuits sont de moins en moins bonnes. Des insomnies et des angoisses. Et par-dessous, les battements impossibles du cœur. Les cerfs-volants du diable.

Et un matin, peu après qu'un avion de plaisance s'est posé en urgence non loin du replat vert, on le retrouve dans l'étable de Léo, pendu, avec, au cou, un ruban de papier et un bout de carton gravé de ces mots : *pardon / pour tout / je n'y suis pas arrivé.*

Quelques semaines plus tard, une autre tombe se creuse à côté de celle de Gaspard. Une toute petite tombe, car Jeanne vient de s'éteindre. Des étourneaux, posés sur les branches d'un pommier, fixent le corps qui entre dans la terre. Puis se mettent à chanter. L'un, puis l'autre, puis tous ensemble.

Blanche et Josef dans la campagne. Chaque matin c'est pareil. Ils partent de bonne heure et ne rentrent que tard dans l'après-midi, lorsque les tombes sont soigneusement couvertes de fleurs et les lèvres de l'enfant, elles, bleuies de givre.

Elle peut rester des heures assise sur les tombes pendant que son fils joue dans le dépotoir au milieu des fleurs corrompues. Elle peut maudire le ciel puis soudain se mettre à crier qu'elle aura sa peau, qu'elle se vengera. Et les jours passent ainsi et l'enfant, quand il n'est pas au milieu des fleurs mortes, est aux côtés d'Anna, qui le réchauffe, le berce et le nourrit.

Il l'a fait, Léo. Il a passé les prés au peigne fin, fouillé la grange, plusieurs fois vérifié que Blanche n'était pas coincée entre deux ballots, il a entièrement vidé le fenil, fait le tour des environs, à pied puis à cheval, mais sans aucun succès. Blanche demeure introuvable.

Deux jours plus tard, on retrouve Jünger égorgé dans sa salle de bains. Quelqu'un lui a tranché la gorge avant de se donner la mort. Ça, ce sont les gendarmes qui le disent, car le journal n'en parlera que le lendemain. «Jünger, sauvagement assassiné par Blanche Lafleur, qui retourne contre elle l'arme du crime et laisse un orphelin de trois ans.»

Quatre petites bougies sur le gâteau d'anniversaire de Josef. Anna et Léo ont le sourire. Bientôt un an qu'ils s'occupent du jeune orphelin.

LE SILENCE

Cet homme que Josef regarde, assis sur la pierre de taille faisant face au jardin, un bol de chicorée sur les genoux, cet homme très mince avec une bouche de vieil oiseau, un front étroit cousu de ridules de plus en plus profondes, cet homme qui se tue à l'ouvrage, Léo, son père adoptif, son oncle, il a l'impression de ne pas le connaître. Depuis qu'il a retrouvé son frère Gaspard pendu dans l'étable, ce n'est plus le même homme. Son visage a changé, mais également sa voix, sa manière de toucher les objets, de rencontrer les gens. Son regard a changé. Quant à ses nerfs, ils ont lâché.

Or le voilà, en ce jour torride d'été, qui hurle dans la cuisine aux odeurs de fruits et légumes du jardin, parce que Anna, en pleine préparation des bocaux, ne va pas assez vite à son goût. Du plat de la main, il cogne dans les fruits mûrs qui se brisent sur le sol, fondent sur la toile cirée, sur l'évier et les meubles impeccablement époussetés, aux odeurs d'encaustique. Caché derrière la table, Josef se fige. Un étranger, pense-t-il sans oser regarder Léo, un inconnu. La tempête terminée, il se rue dans les bras d'Anna.

À cet homme en deuil de son frère, rien n'est plus nécessaire que les périodes grises, les privations, les vexations. Aucune joie n'est plus grande que celle qu'il ressent, à la messe, quand, l'épître aux Corinthiens dans les oreilles, il sent bruisser en lui tout l'éclat de son néant, toute son inexistence. Un homme qui ne mérite plus de vivre, pense-t-il. Un homme qui a perdu la joie. Les meilleures choses sont derrière toi, se répète-t-il sans le vouloir et comme si une autre voix résonnait dans sa tête, oui, tout ce qui était heureux est maintenant derrière toi.

« Regarde, Pa' ! Regarde ! » Assis à l'autre bout du jardin, Josef lui montre le cerisier, les baies qui roulent et grimpent au pied du mur de l'appentis, les poules sur lesquelles il tire avec son petit fusil à bouchon. Mais Léo regarde ailleurs, Léo s'est transformé en homme-héron, il ne parle plus, il ne bronche plus, il s'est défait de la parole comme on se défait d'une habitude. Où regarde Léo ? pense l'enfant. Pourquoi est-il toujours ailleurs ? Peut-on être, en même temps, mort et vivant ?

De tous les garçons de sa classe, Josef est le plus chétif, pâle, avec sur les joues, çà et là, des taches de son et, comme une voie d'accès au bonheur, une jolie fossette côté gauche. Avec son crayon mordillé au sommet, il croque les visages de ses camarades, peint des contrées imaginaires dans les tons d'ocre et d'or et invente des légendes, des mystères. En cachette, il écrit des poèmes. En cachette, il dessine. Il planque son cahier sous son lit, tous les soirs.

Après les cours, c'est vers Jean, le fils Asslo, qu'il se tourne. Il a le même âge que lui et lui montre les fourmilières, les succulentes girolles sur la crête aux grands sapins blancs et, là tout en haut, l'étoile du Berger.

Caché derrière le mur de la sacristie, Jean attend que Josef paraisse sur son petit vélo. Cela fait, il bondit de sa cache, bondit devant Josef dont les roues se bloquent et l'envoient valdinguer en soleil contre la porte de la vieille fabrique à clous. Un vol plané dont il gardera, à vie, une cicatrice en forme de croix sur le menton.

Certains jours, il rentre avec au front la trace du frotteur, et l'empreinte de la règle du maître. Le cerveau est une planche, alors, et le savoir un long clou. C'est le maître qui dit ça. Apprendre égale souffrir. Souffrir veut dire apprendre. Au point que ces traces, parfaitement intégrées au paysage, c'est à peine si Anna et Léo les remarquent.

Les dimanches, corbeille à la main, il passe dans les allées de l'église et les gens, s'ils le veulent, y posent quelques piécettes, plus rarement un billet. Il ne déteste pas ça. Mais parce qu'il est timide, il se garde de fixer quiconque, plus encore d'effleurer les mains, qu'il trouve sales et poisseuses, striées de larges veines et imprégnées de l'odeur infâme, l'odeur des bêtes.

Léo a installé son lit dans la pièce la plus froide, la plus nue, car il a besoin de silence, il a besoin de faire le vide. Il ne veut plus dormir avec Anna. Ni de discussion avec Josef. Une bougie pour lampe de chevet, c'est tout. Pour l'isolation, des journaux sur le sol, sous le joint de la porte, plus quelques autres collés aux fenêtres. Pour le reste, que personne ne le dérange. Chaque nuit, le hantent des images de mort. Le visage de son frère. La couleur de ses yeux. La mort est bleue.

Quand il en sort, de sa pièce, c'est pour trimer. Traire. Tailler des haies. Biner. Moissonner. Moudre. Un fou, pense Josef. Et pourtant il sourit. Ce matin, c'est Jour de l'an. Il n'échappera pas aux tâches journalières, c'est évident, mais il n'aura pas à se farcir les cinq lieues qui séparent la ferme de l'école.

Léo, toujours, quitte la table le premier, sans un mot, puis remplit la bassine couleur citrouille posée dans le fond de l'évier, y plonge d'une main ferme les assiettes et les plats raclés jusqu'à la moelle, les verres et les couverts, et se met à récurer. Pas de gants, il les déchirerait. Une goutte de savon, pas plus, et des gestes secs, précis. Pour le reste, il a besoin d'espace, il ne tolère pas la moindre parole dans un rayon de dix mètres quand il fait la vaisselle. Et quand il lit (*Si ton œil est pour toi une occasion de faute, arrache-le !*), qu'il prie ou qu'il s'apprête à partir aux champs, c'est la même chose. Dans la ferme de Douve, le silence est complet.

Il est cinq heures à peine mais Léo, dans la salle de bains, est en train de se raser à l'eau froide. Des gestes secs, précis encore, que Josef observe par le trou de la serrure sans oser respirer ; la lame glisse sous les veines de la gorge, contre les tempes, dans le nœud du menton, se grippant parfois par accident avant de repartir en laissant de fines traînées de sang. Comme des bêtes tuées dans la neige, pense Josef. Oui, comme des bêtes éventrées. Quand il a terminé, l'homme pose sur la balance ses cinquante-huit kilos, se sert un bol de chicorée, puis s'en va dans la nuit sans rien avaler d'autre.

Il connaît sur le bout des doigts les arbres de la région, les fleurs et les légendes qui la recouvrent depuis des siècles, il sait les nombreuses grottes, les espèces d'oiseaux rares et jusqu'au nom du plus petit. Dans ses bons jours, il enseigne à Josef comment tournent les planètes et tourne la Terre, qu'il pleuve ou qu'il neige. Il l'emmène marcher. C'est un marcheur rapide, un marcheur fulgurant. Plus il va vite, plus il respire.

Dehors, il va par les sentiers qui le mènent sur les hauteurs, près des prés où dorment ses vaches. Il longe des haies de genévriers, pénètre dans les bois et, immobile et debout, il attend la naissance du jour. Sans cette forêt je serais mort, songe-t-il. Puis il fixe le ciel, redescend à la ferme et poigne dans le travail.

Malgré l'hiver et le beurre dans les plats, il a beaucoup maigri. Quand il traverse sa cour, il fait penser à un bout de corde usé par le travail du vent. Probablement la faute à cet ulcère à l'estomac que lui ont trouvé les médecins. Ou bien à ces médicaments que ces mêmes médecins lui ont prescrits et qui finissent systématiquement à la poubelle.

Torse nu dans sa chambre, debout face au miroir constellé de chiures de mouche, Josef, jeune homme, déchire en petits morceaux les lettres qu'il a écrites à

Blanche. Personne ne doit lire ça, pense-t-il. Je t'ai peu connue, Blanche. À quoi bon m'accrocher à toi ? Je n'ai qu'une mère, une seule. Et elle s'appelle Anna. Oui, il lui arrive d'écrire à Blanche. Il lui arrive d'écrire qu'il pense à elle, à son sourire. Constamment, note-t-il. Mais il déchire tout ça.

À la ferme de Douve, il n'y a rien au mur du souvenir. Les morts ? On n'en parle pas. Blanche et Gaspard ? La maladie les a emportés. D'autres questions ? Pas d'autres questions. La poutre où Gaspard s'est pendu ? Débitée à la hache et jetée à la rivière, car on ne brûle pas le bois des pendus. Mais qui a dit pendu ?

C'est dimanche. Sur la nappe, des petites assiettes, des bols pour le lait et le café léger, un paquet de sucre, la gelée de groseilles et de la tarte aux prunes. Josef ne se sent plus : Léo a accepté que la jeune Fermine, cousine dont la blondeur fait plus que lui plaire, aide Anna dans les tâches ménagères. Anna qui se sent fatiguée. Qui porte tout.

Le lendemain, Léo entame un long voyage à travers le pays. Dans la plus parfaite discrétion, il a décidé d'aller voir un psychiatre qui reçoit en ville, dans une immense bâtisse aux haies si soigneusement taillées, et à l'herbe si parfaite qu'il en est immédiatement jaloux quand il arrive. Sur l'annonce parue dans le journal, ce sont les mots « crises mélancoliques et folie maniaco-dépressive » qui ont retenu son attention. À leur vue, il ne s'est posé aucune question. Il a saisi les ciseaux, coupé, plié l'annonce en quatre, puis l'a placée dans la poche de sa chemise en se faisant aussi discret que possible. Il n'aurait pas supporté qu'on le voie. Surtout Anna. Il aurait détesté qu'Anna le voie.

C'est un homme aux yeux clairs qui le reçoit, un homme avec des mains gracieuses, fines et très blanches, et Léo, ça, il ne le supporte pas, que ce soit un homme avec de telles mains qui le reçoive, un homme avec des mains de fainéant, avec des mains d'homosexuel, avec des mains qui n'ont jamais manié ni houe ni faux. Il hésite à se lever, à partir, à retrouver ses champs. Mais les images l'assaillent, une fois de plus : son frère, suspendu à la poutre, pendant que les génisses meuglent en lui léchant la plante des pieds. Alors il ne réfléchit pas, il y va, il ouvre la bouche et se met à parler : « J'aime les bois, monsieur, je ne supporte plus l'air de la ferme, le parfum de ma femme, le prénom de mon enfant qui n'est pas mon enfant, rien ne m'est plus précieux que la forêt, j'y peux marcher des heures sans boire et sans manger, y dormir contre des troncs, monsieur, tout le monde a peur de moi à la maison, j'ai des images noires qui me tordent la pensée et je dois, pour les fuir, me lever, me raser en pleine nuit et marcher aussi loin que possible. »

Entrant par mégarde dans la salle d'eau où Josef, nu, est en train de se laver, Fermine disparaît en courant. Lorsqu'elle le recroise plus tard dans la journée, elle lui sourit. Tiens, se dit Josef, c'est le début de quelque chose. Et lui aussi sourit. Il a maintenant près de quinze ans.

LE DÉMON

Ce jour-là, alors qu'Anna fait le tri des conserves, que Fermine va et vient à la cave pour y stocker des prunes, Josef rentre en criant que les démons sont là, par le petit chemin, qu'ils arrivent. Il sent la paille et la sueur. C'est un homme fort maintenant, géant tout comme Gaspard auquel il fait penser dans sa façon de ne jamais se plaindre. Jamais.

Quelques minutes plus tard, les pierres et les graviers du chemin de Douve se mettent à frémir, tandis que, dans une langue qu'il jurerait irréelle, il entend des ordres fuser et est pris de grands tremblements. Depuis que la guerre est là, il sait qu'il est visé par une ordonnance noire l'obligeant à quitter le pays, passer des fleuves et gravir des sommets afin d'aider le démon dans son entreprise de saccage, de destruction. Aider le démon dans son entreprise de saccage ? Être mené au pays du démon ? L'idée lui fait horreur.

Depuis des semaines, on raconte qu'ils pillent les fenils, les granges et les resserres à bois. Sur les grand-routes, en rangs de deux ou en une colonne seule, chantant parfois, ivres souvent, on raconte qu'ils sont des milliers, plus braillards et méchants chaque jour. On dit qu'ils ne se présentent pas, ne frappent jamais aux portes et, tendant la main, qu'ils reçoivent des carafes d'eau-de-vie, sont couverts de fruits et de maïs dorés, connaissent précisément la saveur du pain et de la bière locale. Ce que l'on ne dit pas, c'est que dès qu'ils tournent les talons, tout le monde les vomit.

De même, on dit qu'ils suivent les chemins menant aux bourgs les plus riches, qu'ils s'installent aux terrasses des cafés et à celles-ci se noient dans l'eau-de-vie. À Douve, certaines jeunes filles prétendent que ces hommes fiers et beaux, dès lors qu'ils les regardent, produisent au creux de leur ventre des choses étranges. Battements et frémissements. Puis que la foudre vient à tomber.

Ailleurs, il est dit que ces hommes en uniforme strict détruisent tout ce qu'ils croisent ; saccagent les villes, les ponts de pierre et les rives ; minent les champs et les chemins vicinaux ; empoisonnent les mares, les étangs, les lacs avec des produits rares connus d'eux seuls ; que les briques des maisons sont foulées à leurs pieds, enserrés dans ces raides bottillons à coque en métal ; qu'ils sortent les portes de leurs gonds ; arrachent les serrures ; brûlent et saccagent les vasistas, les entrepôts.

Tout le monde, à travers le pays, s'accorde à dire qu'ils n'ont pas de dents, ces monstres, mais qu'ils vous dévorent tout entier, quand ils ne vous farcissent pas de plomb. C'est simple, depuis qu'ils ont passé la frontière, plus personne ne trouve le repos, les cultures sont laissées en plan et on ne mange que d'infects salsifis, car cela, ils consentent à vous le laisser, eux qui préfèrent le miel, le nectar de patience et le lait de brebis, qu'ils boivent à même le pis en regardant le ciel criblé d'obus.

Leurs langues, longues comme des cornes d'éléphanteau, dit-on. Leurs griffes, leurs lances et leurs épées. Leurs fusils, leurs couteaux.

Ce jour-là, Josef se réfugie dans la cuve à charbon. On l'a dit, on sait qu'il est en âge d'être réquisitionné pour aider le démon, au pays du démon, dans son funeste dessein. Alors courir, ne pas se poser de questions. Courir et ne pas se poser de questions. Faire le mort et survivre.

« Quand ils seront dans l'escalier, prends ta respiration et plonge. Si tu as besoin de faire pipi ? Pisse-toi dessus mais ne bouge pas. » C'est Anna qui dit ça. Fermine est là aussi, qui regarde Josef plonger dans le noir de la cuve à charbon, dont il songe qu'elle est à peine assez grande pour lui. Il l'aime, Fermine. Et elle aussi l'adore, son Josef.

Il est seul. Anna vient de refermer la porte, et à peine se retrouve-t-elle à l'étage qu'elle les voit, trois démons, le nez collé au fenestron de la cuisine. Lorsqu'ils entrent, ils demandent un café au lait avec un sucre, du sucre candi, et leurs bottes pleines de boue et de paille dégoulinent partout sur sol, le maculent. Ils sont chez eux. Leurs grandes mains pleines de doigts plongent dans les conserves de poires et de prunes. Ils ne rient pas, mais ne se montrent pas particulièrement menaçants.

Un autre café au lait, toujours avec du sucre, et la fouille commence. Les chambres, y compris la plus froide, celle de Léo. Les armoires. Les lits, le dessous des lits. Puis les étables, les granges, le cellier. Soudain, un arrêt : l'un d'eux fixe longuement Anna, une lueur maligne dans les yeux, et s'engouffre dans l'escalier menant à la cave. En arrêt, il respire l'odeur des confitures entreposées sur de larges claies, ses yeux sont clos, mais aux petites lumières qui jouent sur ses paupières, il n'est pas impossible d'imaginer qu'il pense aux siens, à sa propre famille, sa femme, ses enfants, on ne sait pas, puis il se met à inspecter les moindres recoins et à tout retourner. Cela fait, il se penche au-dessus de la cuve, et ce n'est plus qu'un long nez alors, une truffe, l'immense truffe de mille chiens de chasse. À nouveau, il ferme les yeux et il inspire profondément. Puis il lève son arme et, comme à regret, l'enfonce à plusieurs reprises dans la cuve. Ici. Là. Encore là.

Ce jour-là, à table, tout le monde se demande comment la lame de la baïonnette a pu passer dans le creux du genou, entre le bas de la cuisse et le haut du mollet, sans faire la moindre égratignure. Josef et Fermine se sourient. Il est vivant. Sans démenti. Vivant.

Il retrouve Fermine dans les prés et les bois, dans des combes, sur un lit de fougères humides. Il s'éclipse par l'ouest, elle par l'est. Léo les ferait crucifier s'il apprenait pour eux. À une poutre, comme cette corneille qu'il a placée sur un pieu à l'entrée du champ pour assurer la prospérité de la moisson. À une poutre, en homme pieux à l'extrême, oui, il les crucifierait. Mais d'une part, Léo ne les effraye plus depuis longtemps ; de l'autre, cette idée que leur amour doit rester secret fait plus que les émoustiller.

Il la retrouve enveloppée sous trois couches d'épaisses couvertures, au milieu de l'île aux Oies, dans une cabane qu'ils ont construite ensemble. Nuit magnifique. Ils sont seuls et ils s'aiment. Un feu crépite. Un bon feu. Dehors, le gel emprisonne les eaux de la rivière et des congères de deux mètres de haut les protègent du démon. Quand le jour se lèvera, Josef fera fondre de la neige dans un poêlon, il y ajoutera deux pincées de chicorée et une goutte de résine, puis tous deux pisseront sur le feu et, tandis que lui se passera une corde en crin de cheval autour du torse, ses braies mouchetées de givre, et tirera le traîneau, Fermine, elle, chaussera ses skis et prendra par les sentes difficiles. Elle coupera à travers les marais, au-delà du pic du Pin. Elle prendra le téléphérique, s'il marche. Et une fois devant Anna, ils feront comme s'ils avaient passé la nuit à la ferme, comme si de rien n'était. Mais de rien ne sera pas. Pour les mères comme Anna, ça ne l'est jamais.

Quelques semaines plus tard, ils reviennent. Par surprise. Tôt le matin. Trois hommes, trois démons. Ils reviennent par le pré, entrent sans rien dire et cueillent Josef en son sommeil. « Vous nous l'avez caché. Pourquoi ? » Anna ne sait quoi répondre. Josef, lui, fixe les hommes en buvant un grand verre de lait. C'est la fin, pense-t-il, ils vont m'emmener. D'ailleurs, ils refusent de rien avaler, ni café ni sucre, et demandent à voir la carte d'identité de Josef. S'il a plus de dix-huit ans, ils devront l'emmener. Sur le palier, Fermine retient son souffle.

D'abord, oui, elle le retient. Puis elle bondit dans l'escalier, déboule dans la pièce où sont rangées les cartes et, d'un secrétaire en pin verni, sort celle de Josef, né Lafleur en ce jour maudit où flamba cette ferme qui toute sa vie flambera en lui, mais dont il ne sait rien, pourtant. Elle s'empare d'une aiguille à coudre, la plonge dans un pot d'encre et, sur la carte, modifie l'année de naissance. Cela fait, elle souffle de tout son cœur, de toutes ses forces, et redescend.

En bas, les hommes ont quitté la cour. À défaut de preuves, ils ont emmené Josef. Leurs langues longues comme des cornes d'éléphanteau. Leurs griffes, leurs lances et leurs épées. Leurs fusils. Ils l'ont emmené. Voilà.

Penché sur une fleur, ou plus exactement sur un bourdon posé sur une fleur, Josef semble avoir accepté son sort. « Pâtissez-vous de la guerre autant que nous ? » Il dit ça en fixant le bourdon qui ne quitte pas la fleur. Il dit ça en quittant le sentier, lorsque Fermine, soudain, brandit la carte d'identité. La ruse est grosse, elle le sait bien, l'encre à peine sèche, mais cela marche. L'ordonnance noire qui le visait ? Quelle ordonnance ? Le fils Lafleur n'est pas en âge de nourrir l'effort de guerre. Cela marche.

Bien des années plus tard, Anna écrira cette lettre à l'administration : « Je soussignée, Anna Lafleur, domiciliée à Douve, déclare avoir caché mon neveu et fils Josef afin de le soustraire au service du travail obligatoire. J'affirme sur l'honneur que la déclaration est sincère et complète. »

Bien des années plus tard, elle recevra une lettre et ce brevet où elle lira : « Le ministre de la Santé et de la Famille a l'honneur de faire savoir à M. Josef Lafleur que, par arrêté n° 972, la médaille du Réfractaire lui a été décernée. »

« Les rayures du ruban seront de couleur : blanche. » Mais Josef ne saura jamais rien de tout cela.

LE CERCLE

Que fait-on quand on a échappé à la mort ? Que fait-on quand une guerre s'achève ? On débouche les bouteilles qu'on a planquées. On plume les poules que le démon nous a laissées et on prépare d'exquises brochettes, que l'on parfume au thym et à la sauge et que l'on rôtit à la broche. On décore de couronnes de fleurs la salle du village. On invite des accordéonistes et des cracheurs de feu, et on danse à s'en arracher les jambes. C'est ce que j'aurais fait si j'avais été lui. Je serais resté sur place. Toujours et à jamais. J'aurais construit un temple en l'honneur du stoïcisme d'Anna face aux démons, et un autre au nom de mon amour pour Fermine. Je me serais efforcé de les aimer, et non seulement de les aimer, mais de le leur prouver. Lui, non. Josef, c'est un fantôme que hantent d'autres fantômes. Quelqu'un qui ne peut s'établir nulle part, même pas là où il est bien. Toute sa vie il va fuir, partir, marcher. On ne guérit pas de certains manques. On part parce que la brûlure est trop vive. On se met en marche parce qu'on espère rejoindre ce qui est impossible à rejoindre.

J'ai souvent pensé qu'à négliger les moments de vie auprès des nôtres, qu'à leur tourner le dos, qu'à refuser les joies menues qui s'offrent à nous, on finit par passer à côté de soi. J'ai mis du temps avant de comprendre qu'on ne décide pas, ou très peu. Ce que je veux dire, c'est que s'il avait pu choisir, Josef aurait certainement fait autre chose au lendemain de la guerre. Mais l'histoire d'une famille est l'histoire de motifs qui reviennent au fil des âges, à l'identique ou presque, mêmes failles, mêmes pertes, mêmes amours, mêmes stupeurs. On ne fait que repasser par les mêmes points. Tout a lieu dans des corps différents, mais l'histoire se rejoue, c'est la même.

Le passé est une chose longue et lente à guérir. On le croit derrière nous alors qu'il est devant, qu'il nous mène et nous guide. C'est un cercle. Une boucle. J'ai mis longtemps avant de comprendre que certains de mes choix n'avaient pas été des choix, mais des nécessités, et de la même manière, que certains choix de Josef étaient de simples moments de cette boucle. Quand il part au lendemain de la guerre, c'est le passé qui le commande. C'est le vieil incendie qui continue de le brûler. C'est la peine qui lui prend la main : Suis-moi, Josef ; ceci est le chemin.

LA MARCHE

Depuis que les démons ont battu en retraite, laissant en cadeau des mines dans les puits, on se pique les volailles entre voisins, les forêts sont criblées de balles et d'arbres fusillés, de restes d'obus, de cadavres. Dans les prés, on trouve tellement de bouts de ferraille que les paysans placent dans l'estomac de leurs vaches de gros aimants pour séparer l'herbe et le plomb. Des mines infestent les sols, les mares et les étangs. Les cloches des églises ? On les désosse et les refond, en même temps que les balles d'artillerie, pour en faire des cuillères à compote pour les soldats sans dents. Au milieu de tout ça, la ferme de Douve est demeurée intacte. Et intacts de même, Anna, Léo et l'amour de Josef : Fermine.

Quant à lui, il a besoin de marcher, partir, voir du pays. Il ne peut pas dire où ni expliquer pourquoi. Je reviendrai dans trois semaines, dit-il, et c'est tout, il s'en va. Ce faisant, il agite un petit mouchoir en s'éloignant des siens, Léo, Anna, Fermine qui le regarde depuis le seuil en se demandant ce qui lui prend, pourquoi une marche de plusieurs semaines et quelle satanée mouche peut bien l'avoir piqué.

Par moments, il croit voir au sommet des cols les têtes casquées de l'ennemi, ou leurs dépouilles, fixant de leurs yeux éteints l'impossible chemin du retour. Méfiance, pense-t-il, ou tu vas exploser sur une mine. Il entend des soldats, dans les fourrés. Partout, il les entend. La guerre à l'extérieur a beau être finie, en lui elle se poursuit.

Il regarde les maisons se reconstruire, les familles se reformer et se rassembler pour fêter ça, pendant que, symétriquement, quelque chose en lui se disloque. Où qu'il mette les pieds, il a l'impression d'être suivi, qu'on le regarde. Pas les vivants, non. Il a l'impression que les morts le regardent. « L'invisible a des yeux qui n'ont d'yeux que pour moi », note-t-il dans son cahier. Puis : « Rien n'est plus présent en moi que l'absence. »

Blanche. À chaque pas qu'il fait, il y pense. Il la revoit utiliser une vieille pompe à eau. Où ? Il n'en a pas la moindre idée, mais il la revoit, utilisant une petite clé pour s'en servir. Il revoit le cuveau en pierre où elle rinçait le linge, il la revoit avec ce porte-seau qui l'aidait à transporter l'eau avec l'air d'une saoule, dans cette délicieuse odeur de lessive qui ne l'a pas quitté. Et cependant qu'il y pense, il se met à marcher comme elle, comme un ivrogne, en zigzaguant.

On le retrouve dans les fêtes, dans les bars, dans les bistrots, dans les ravines, dans les cimetières, dans les montagnes et le long des bras de rivière. Il a passé tellement de temps à supporter le mutisme et les cris de Léo, tellement de temps à traire, à tondre les moutons et à tailler les haies, qu'il ne sait plus ce qu'il veut, ni qui il est vraiment. Il a besoin de cheminer. « Affamé, note-t-il. Affamé de mon propre sang. En est-il de la sorte parce que je suis orphelin ? » Et ceci : « Je dois bien exister quelque part, mais où ? »

D'autres fois, c'est le visage d'Anna qu'il croit voir sur les lignes de crête. Ma bonne Anna, pense-t-il, encore bien que tu es là. Tu as toujours été là, contrant la maussaderie de Léo en préparant des tartes, quand venait la saison des prunes, ou de succulents chaussons, quand venait celle des cerises. Lui reviennent l'odeur des reines-claudes du verger, et celle des cassis dont Anna faisait du sirop pour la toux. Et le sureau, et la rhubarbe, et les pommes entreposées l'une contre l'autre sur le fruitier de la cave, puis dévorées sans sucre comme dessert, face à Léo qui ne mangeait rien.

À Fermine, il pense également. Il voudrait qu'elle soit là, sur ces routes impossibles qui ne mènent nulle part. Il y pense constamment. Or elle lui apparaît voilée, floue, comme si ce qu'il voulait proche se plaisait à se cacher de lui.

« Je marche depuis dix jours et, chaque jour, je m'étonne de découvrir que je suis incapable de faire le moindre pas sans me parler en même temps, perdu dans mes pensées. Mais marcher est plus que marcher. C'est suivre un fil. Qui le suit patiemment finit peut-être par se trouver. »

« Il y a en moi des terres comparables à celles que je foule. Ce sont les mêmes espaces, les mêmes forêts profondes. Et parce que ne s'y trouve aucun témoin, mes joies les plus grandes y ont cours. »

Du nord au sud, il inspecte le pays à la recherche de survivants. Persuadé qu'il en trouvera, ne serait-ce qu'un, il va, suivant le cours des rivières ou à travers la lande. Ici, un casque, et dedans, une tête de démon. Là, des restes de feu de camp, et dedans, des douilles. Là, une paire de godillots tels ceux que portaient les soldats de l'armée régulière, mais aucune trace de survivant. À défaut, il observe une salamandre, une pie qui abèche ses petits, une colonie de colverts et l'œil rond et doux d'une présence qui paraît le fixer depuis un chablis. « Le monde grouille de présences invisibles, note-t-il. Des minimondes cachés qui nous observent quand nous croyons tout voir et tout savoir. Cette idée me réjouit : nous ne sommes pas tout. »

Certaines nuits, il dort à même la terre, dans les champs dont il aime l'odeur et le toucher, et où il mord de petites mottes tout en lisant des psaumes. Et toujours l'accompagne la pensée que, si la guerre a cessé, en lui elle continue.

La vérité, c'est qu'il voudrait ne jamais revoir la ferme de Douve. Il voudrait disparaître sans laisser de traces, s'effacer pour lui et les autres – tant pis s'il ne revoit plus les visages qu'il aime. On peut aimer dans la distance. La lâcheté, c'est faire ce que les autres attendent de nous et nous en tenir à ça. Vider la fosse à purin. Scier les cornes des bêtes. Mater le grand taureau et se coucher dans la sueur et l'ennui, après des heures qui nous ont semblé être des siècles. Le courage, à l'inverse, c'est aller dans le dur de soi. Dans sa peine et sa joie. Entendre ce qu'il y a en nous et le suivre quel qu'en soit le prix.

L'autre vérité, c'est qu'il voudrait penser exactement le contraire. Parvenir à se réjouir de rentrer, devenir un bon mari et un bon paysan. Rendre fiers les siens. Leur prouver qu'il a en lui autre chose que le souci, que le tourment.

« Comment s'enthousiasmer ? Comment fait-on ? »

Son cahier se remplit de notes. Elles recouvrent ses anciens dessins. Sa quête prend des formes nouvelles.

« Le fait que j'existe plus fort intérieurement qu'extérieurement, voilà ce qui ne me rend pas heureux. Il faudrait me trouver un lieu habitable à l'extérieur aussi. »

« Mais moi, tandis que je suis, où suis-je ? »

Un matin, sur le plateau de Laid'loiseau, alors qu'il s'est résolu à ne plus trouver de survivant, il entend des pleurs dans un bois. Il s'approche. Posé à même un drap – le drap dans un panier et celui-ci à l'ombre d'un grand pin –, un nourrisson le fixe, un garçonnet de six mois. Au coin du drap, un bout de carton retenu par une simple cordelette : *Je n'y suis pas arrivée / prenez soin de lui.*

Longtemps, il reste sans savoir quoi faire de l'enfant, sans se sentir capable de veiller sur lui. D'instinct, il cherche des baies à lui donner, il cherche de l'eau, du lait de balsamines et de patiences, il cherche des vêtements propres ou disons des vêtements, peu importe qu'ils soient propres puisque l'enfant est nu. Et cependant qu'il balaye du regard le bois, il sent la petite main se refermer sur la sienne et la serrer, fort, bien fort pour un si jeune enfant.

Il marche avec l'enfant qu'il tient collé à lui dans une sorte de filet à provisions, frappe aux portes des maisons, demande de l'aide, des vivres, des soins, mais ne trouve qu'indifférence, défiance et dos tournés. « Il ne nous reste rien. Le démon nous a tout pris. » Un peuple de punaises de lit, pense-t-il. De pauvres types et de punaises de lit. Et d'aller son chemin.

Certes, les orphelinats débordent depuis la fin de la guerre. Certes, son cœur le fait souffrir à l'idée d'y placer l'enfant. Mais il y songe. Que l'enfant soit nourri et grandisse au milieu d'autres enfants. Qu'il connaisse la joie des rivières et, l'été venu, l'ombre des grands sapins blancs. Le ramener à Douve ? Léo ne le supporterait pas.

Ils dorment sur des litières de mousse et se réveillent sous la rosée. Du lait de brebis prélevé au pis, un minuscule morceau de raisin : tout ce qu'il trouve finit dans l'estomac de l'enfant. Le soir, il fait du feu. Le matin, il campe devant les orphelinats. Mais quelque chose le retient d'y laisser le petit. Ainsi revient la nuit.

Puis il la voit. Au hasard d'une marche, un jour, allongée dans un champ, horizontale, inerte, sa robe de vadmel bleu comme soudée à la terre, au point qu'il croit d'abord voir un cadavre, une morte, avant de découvrir une montagne de chair, avec, punaisé entre les jambes, un homme très court, cul nu, les braies baissées sous le genou, qui la boit en jappant. Elle, elle ne bronche pas. Simplement, elle porte de temps en temps sa pipe à ses lèvres, car elle fume la pipe, et tire une longue, mélancolique bouffée qu'elle recrache en direction de l'homme, qui semble s'en égayer. Quand celui-ci s'en va, elle se redresse, bat vertement les pans de sa robe roulés dans la poussière, réajuste son chignon puis, se tournant vers Josef qui se croyait caché, lui dit que c'est la première et la dernière fois qu'elle le surprend à l'épier. Qu'elle a horreur de ça. Puis elle se penche un peu et découvre l'enfant.

Elle s'appelle Esther et c'est une géante, comme lui. Près de deux mètres, épaules larges comme une barque de pêche, longue robe bleue toujours tachetée et pleine de trous, elle vit dans une antique bergerie. Des hommes, parfois, frappent à sa porte avec un peu d'argent. Elle les fascine, elle les excite. Ils l'appellent la « femme-homme » et viennent de tout le pays pour goûter à ses lèvres enfumées.

Dès qu'elle découvre l'enfant, des larmes vieilles comme le monde lui viennent aux yeux. Qui est-ce ? demande-t-elle. Je l'ai trouvé, dit Josef. Où ça ? demande-t-elle. Pas loin, dit Josef. Est-ce qu'il resterait avec moi ? Oui, dit Josef, car il voit dans ses yeux une profonde blessure, il voit qu'elle ne veut que ça et qu'un beau jour, sans doute, elle aussi a eu un enfant. Mais ne l'a plus. Mais l'a perdu.

Comment te prénommes-tu ? demande-t-elle. Josef, dit Josef. Alors l'enfant se nommera Josef comme toi, dit-elle. Viens nous voir quand tu veux. Il lui laisse l'enfant.

De retour à Douve, il annonce à Léo qu'il ne travaillera plus à la ferme et souhaite rentrer à l'école normale. Devenir enseignant. Travailler dans un autre domaine, faire autre chose, autrement. Avec quel argent ? demande Léo. Je travaillerai, dit Josef. Légèrement en retrait, Anna et Fermine le reconnaissent à peine. Six semaines de marche ont transformé le géant en brindille. Son torse est une suture, un fil. Ses pommettes saillent, elles ressemblent à des cuillères de rationnement. Il a terriblement maigri. Pourquoi a-t-il autant maigri ?

LA MER

Elle arrive par les sentes difficiles, les lignes de terre un peu tordues des grandes forêts. Dans l'eau des lacs, elle laisse courir ses doigts, même celui avec l'anneau en or blanc de sa mère, morte quand elle avait trois ans, même lui, elle le plonge dans le froid des lacs, Fermine, dans les courants. L'eau salée de la mer, elle la boit et la lèche en se faisant penser à un jeune animal, car il est tellement rare qu'elle la voie.

Elle porte à la pliure du bras un simple cabas au fond duquel elle a placé, dans du papier journal, du poisson pour Josef. Et, tandis qu'elle avance avec ses cheveux noirs et sa peau hâlée de paysanne, elle sent la honte monter. Oui, à l'approche de la petite ville où ils se retrouvent un week-end par mois, elle quittant sa campagne, lui l'internat des pères, elle se sent pauvre, trop pauvre pour être là. À chaque mot qu'elle prononce, elle a l'impression que des mottes de terre lui sortent des gencives. Ses habits, bien que parfaits au moment de quitter Douve, lui semblent à présent ridicules. Elle est convaincue que les gens voient la crasse au travers, et qu'ils détestent ça. Mais à l'idée de le rejoindre bientôt, d'un seul coup elle se met à rire.

La ville est flanquée près de la mer. Ils dorment dans la pension la plus modeste, la plus nue, marchent le long de la plage, font des siestes, baguenaudent, rient. Lui aussi se sent pauvre, bien trop pour être là. Son costume, bien que parfait au moment de quitter l'internat, lui semble à présent ridicule. C'est que dessous le costume, il est convaincu d'être sale, de sentir le lait et le sang de paysan. Partout, il a peur d'être démasqué. Avant d'entrer dans un restaurant, il jette un œil nerveux sur les prix. Car il est de ceux qui convertissent tout ce qu'ils achètent en heures de travail. Et en ce qui le concerne, même s'il ne travaille plus à la ferme, il convertit en ballots de paille, en heures de traite. Pour cette bouteille de bière, tant de ballots. Pour ce morceau de viande, une centaine de plus. Il prend alors la main de Fermine et, plutôt qu'au restaurant, la mène à la guinguette du port, où il lui offre un cornet de bigorneaux ainsi qu'une truite jolie, cuite au citron.

Pour le reste, les heures qu'ils passent ici sont toutes délicieuses. Personne n'est là pour les épier ni n'attend d'eux quoi que ce soit. Ils sont libres, libres d'être enfin autre chose que ce qu'on a toujours attendu d'eux. Libre, pour Fermine, de se coucher dans un lit dont elle n'a auparavant ni lavé ni reprisé les draps. Libre d'être autre chose que la fille qui constamment pourvoit à tout. Libre de rire haut et fort et de parler, parler de tout ce qu'elle a sur le cœur, ses obsessions, ses rêves, la maison de lumière qu'elle imagine pour eux, avec des tuiles rouges et une vue sur un bois peuplé uniquement de pins parasols, ses arbres préférés. Libre, pour Josef, de quitter son sérieux et de beugler « bouh » à la vue des enfants, lesquels hurlent puis se bidonnent en s'avisant de la douceur espiègle du géant.

Ensemble, ils savourent la vie dans ce qu'elle a de parfait, quelques brasses au lever du jour, un bouquet de fleurs qui passe au coin d'une rue, une glace fraise-chantilly. À Douve, rien de tout ça n'existe. À Douve, le bonheur est une chose floue à laquelle nul n'accède, une chose trop grande pour les corps toujours au travail, une chose qu'on laisse à ceux qui en ont le temps. À la mer, ils le prennent, le temps. Et le soleil aussi. Et le plaisir s'étire en bribes d'éternité.

L'air de la mer fait du bien à Josef. À chaque inspiration, il a l'impression qu'on le sort d'un tombeau, de revivre. Et ce n'est pas qu'une impression, même à ses yeux, Fermine le voit. Rieurs, taquins, si doux. « Même quand tu ne souris pas, mon Josef, on dirait que tes yeux sourient. »

Des taches de lumière à leurs pieds, de nombreux chants d'oiseaux, ils se promènent, font halte sur les îles, prennent des rafiots, des barques, s'envoient des capuchons d'eau-de-vie et profitent joyeusement de la clarté. Pas de paix sans clarté, pense Josef. C'est le sens de la vie. Rien n'existe sans lumière, même l'invisible en a besoin : pour se cacher. Et de songer qu'il resterait bien là pendant des siècles, enfoncé dans ces taches de couleur qui sont aussi chaleur. Avec Fermine.

Le vent est vif, l'eau sombre, quasi noire, mais à cause du ciel et des nuages qui s'y reflètent, c'est comme si elle souriait. Chaque matin, ils se baignent et le contact de l'eau les grandit. Du reste, on dirait que le paysage a joué son apparence aux dés, tellement il monte, se creuse, dodeline et oscille. De la tourbe, des lichens. Et, dès qu'on s'élève un peu, des sols qui refusent jusqu'à l'idée de chemins. Tant mieux, se dit Josef. La vie est pleine quand elle est vide.

Deux bonnes pierres calées sous les fesses, ils dégustent la truite achetée en ville, boivent aux torrents, puis s'élancent à l'assaut des sommets. Les voici. Le cousin. La cousine. Cherchant le juste rythme, perdant l'unique sentier, évitant de chuter en se retenant à des touffes d'herbe, finissant par trouver un replat, suivant une crête peu sûre et redescendant jusqu'à la rivière qui les sépare du bon versant. Alternant escalade et nage jusqu'à retrouver le point d'accès au sentier. Les voici. Poursuivant dans de la roche lunaire, calcinée, avec un bruit de glace pilée à chaque pas qu'ils font, un dénivelé terrible et une progression de plus en plus lente. Puis ce n'est plus que brumes, nuages et vent glacé. Mais parce qu'il n'y a plus de couleurs, parce qu'il n'y a plus d'horizon, parce qu'il n'y a plus de formes ni de noms pour celles-ci, on se sent comme en chemin pour le paradis, pensent-ils. Oui, parvenus au sommet du pic de Carrat, ne reste qu'une souffrance qui est aussi une joie.

« Chers Léo et Anna, notre séjour à la mer est providentiel. En toute chose, la ville nous fait bon accueil. Nous mangeons comme des rois, partons en excursion, visitons le musée de la Marine et regardons beaucoup les gens. Leur appétit de vie, il faut le voir pour le croire ! Et ce que nous croyons, c'est que la guerre les a mis en retard sur leur bonheur. C'est comme s'ils couraient après le temps perdu. Bref, après avoir bien profité, Fermine s'apprête à prendre le chemin du retour, et moi, à regagner mes pénates à l'internat des pères. Nos pensées volent vers vous. Gloire à Dieu ! »

LE GRAIN DE SABLE

Il est difficile de dire à quel moment une vie quitte sa trajectoire pour en épouser une autre, qui sera sans retour. Ce que je sais, c'est que pendant ces longs mois où lui et Fermine se sont retrouvés à la mer, ils étaient aux portes du bonheur, à deux doigts de le trouver ; c'est que je rêve encore parfois de la maison aux tuiles rouges dont parlait Fermine, et que Josef évoque dans ses cahiers ; c'est que je me les figure buvant de l'eau-de-vie dans leur guinguette en bordure de plage, se perdant dans leurs innombrables randonnées ou s'aimant dans leur humble pension, et que ça me fait du bien. Chaque fois, je vois un homme et une femme heureux, heureux d'une manière qui me paraît belle, précisément parce que par la suite rien ne s'est passé comme ça.

Le bonheur existe, mais on n'infléchit pas le destin, ou alors lentement, génération après génération. On croit que des trajectoires dévient, mais la vérité c'est que là où on s'imagine qu'elles dévient, elles épousent au contraire un tracé là depuis toujours. On ne change pas ce qu'on est. On ne devient ni plus heureux ni plus malheureux. On plonge dans ce qu'on a à être. On descend dans ce qui nous remue en profondeur. On brûle. On fond. On hurle. Ce que je veux dire, c'est que c'est toujours quand on est le plus heureux qu'un grain de sable se soulève, en provenance d'une région oubliée de nous-mêmes, un grain de sable qui nous emmène ailleurs, sur une voie sans retour qui n'appartient qu'à nous. Elle est là, l'ironie. Elle est là, la beauté. Aimer ce qui ne pouvait être autrement. Malgré tout ce qu'on aurait voulu éviter, chérir l'inévitable. Ce que Josef avait à vivre, il l'a vécu. Ce que nous avions à vivre, nous aussi l'avons vécu. Et tout le reste suit.

L'INTERNAT

L'internat court sur plusieurs hectares. Il compte un jardin potager composé de trente parcelles saturées de pommes de terre, navets, carottes, choux, salsifis. Des écuries. Une remise. Une orangerie et un jardin d'hiver. Une glacière pour conserver la viande. Une pièce d'eau. Des pelouses pour le sport. Un bois mignon, traversé par un bief où ils apprennent la natation, *ils*, c'est-à-dire les autres internes, et lui, le fils Lafleur. Lors des fêtes religieuses, dans le parc, des autels attendent vœux et prières. Des brebis, des moutons, une vache. Un beau verger rempli d'échelles pointant en haut des arbres. Une vie autarcique, puisque les pères qui ne sont pas chargés des cours sont menuisiers, cordonniers, boulangers ou fermiers. Dans la pièce très austère où ils prennent les repas, très austères eux aussi, un être rabougri fait jaillir la lumière : le père électricien.

Au fil des semaines, il apprend les sciences naturelles, l'arithmétique et la déclamation, la didactique, l'histoire nationale, le dessin, la chimie. Les cours d'éducation physique ont lieu le lundi de grand matin. Il les aime, ces cours-là, Josef, il les adore. Son endurance tient du miracle, disent les pères. Les leçons de chant, elles, se tiennent après le goûter, chaque jour, mais il ne les supporte pas, les leçons de chant. Non, sentir sa voix se mêler à celle des autres, il déteste, car il y a là quelque chose d'obscène, pense-t-il. Quand les cours sont finis, il étudie les astres, découvre dans les livres le nom des métaux rares, mais surtout range et réordonne la grande bibliothèque, nettoie les assiettes, met le couvert pour le lendemain, récure la salle d'eau, époussette les mille objets placés sous les cloches du musée des pères, ceux qu'ils rapportent de leurs missions par-delà le pays. Trimer pour quatre, interne et homme à tout faire : ainsi a-t-il convaincu le responsable de l'accepter et de lui offrir, en prime, une petite paye.

« On m'a jeté un sort, Fermine. Plus les jours passent, plus j'ai l'impression d'être hanté. » Il lui écrit ces lignes parce qu'il a décidé de ne pas la rejoindre à la mer. Pas cette fois. Il n'en a pas la force. Et elle, qui sait depuis longtemps que son géant n'est pas exactement comme les autres, qu'il porte en lui un manque – dont sa taille peu commune est peut-être la mesure –, elle qui n'a jamais douté de leur amour, de lui répondre : « Tout en toi est remarquablement mobile, Josef. Si tu n'es pas vivant, qui l'est ? »

Quand il en a fini avec les tâches ménagères, il s'installe, seul, près du poêle de la bibliothèque, dans ce pays où aucun de ses camarades ne le rejoint jamais. Il ouvre ses cahiers. Il saisit son crayon. Tout est là. Il peut s'enfuir, maintenant. Il peut y aller.

« Quoi que je fasse – lire, écrire ou récurer des fonds de casseroles –, ce que je m'applique à faire disparaître, c'est le vertige des autres en moi. Leur présence entêtante. Leur boucan. »

La nuit, il s'absente du dortoir où le ronflement des uns se mêle aux soupirs des autres, qui se touchent par-dessous les draps. Il s'installe à la fenêtre, regarde les étoiles et se dit qu'il y a en lui quelque chose comme une mort qui ne veut pas mourir, une mort qui le suit depuis toujours. Il se dresse, offre son visage à la nuit et respire à s'en faire éclater les poumons. Il laisse là son visage, dans le vide, dans le vent, et l'odeur de ce monde qui ne sent pas le lait, l'odeur de ce grand monde lavé de l'atrocité du lait, suffit à le calmer et à le rendre heureux.

Les mois passent. Il quitte de moins en moins la grande bibliothèque, où il apprend l'hébreu et les textes sacrés. Dans ses cahiers, il s'est remis à écrire à Blanche, à lui parler, à lui dessiner toutes sortes de choses, à la dessiner aussi, mais le plus souvent, il prie, comme enfant il courait, sprintait, avec la seule envie d'être là, en haute tranquillité. Pour que les autres ne le découvrent pas, il planque son cahier sous son lit.

Un jeune homme attachant, étrange, mais apprécié. Qui dort peu, mange encore moins mais ne rechigne jamais à la tâche. « Pas de problème », dit-il, quoi qu'on lui demande : aller chercher le pain, rentrer le bois, courir réveiller le père thérapeute quand un camarade est malade. « Ça ne m'ennuie pas, pas de problème. » Ou encore : « Cela me convient parfaitement. » De l'argent qu'il gagne en échange de sa bonne volonté, il ne fait rien. Fini. Terminé. Depuis des mois, il annule les week-ends à la mer et préfère être seul, même si Fermine lui manque. Douve, il n'y a pas mis les pieds depuis des lustres. L'idée de voir Léo le terrorise. « Si tu veux être parfait, vends ce que tu possèdes, donne-le aux pauvres et tu auras un trésor dans le cœur. » Se rêver dans la peau des saints est devenu sa passion. Rien ne lui plaît plus que ce qui l'éprouve.

Un dimanche, alors qu'elle se présente à l'accueil comme étant ce qu'elle est, une cousine de l'interne

Josef Lafleur, Fermine se dit qu'en ces trois mois où elle ne l'a pas vu, quelque chose aura peut-être changé. Peut-être rien, pense-t-elle, un détail dans la façon qu'il aura de me regarder, dans ses mots, une joie revenue, une chaleur dans ses mains, une patience, une ardeur. Mais quand il la rejoint ce matin-là sur le perron, sa minceur foudroyante la surprend. Même sa voix semble avoir fondu. « Tu as encore arrêté de manger, toi », dit-elle en lui prenant la main. « Oui, répond-il. Moins je mange, plus je me sens pur et plus je me sens aimé. »

Alors, sur ses épaules, sur son front et sa nuque, elle fait comme pour les lacs et les cours d'eau, Fermine, elle laisse courir ses mains et ricocher ses doigts. Mais c'est à peine si Josef le remarque. Même s'ils se plantaient dans sa chair, avec les ongles, et lacéraient ses joues, il ne les sentirait pas. Or, au lendemain de la guerre, les caresses de Fermine, il n'en était jamais repu. C'était si bon qu'il en déchirait les coutures de ses pantalons et en pleurait de sourdes jouissances. À présent, il voudrait simplement retrouver sa chambre. Lire, s'élever. Rejoindre Blanche. Le calme, pense-t-il. Ma cellule, Isaïe, les apôtres, et avec eux marcher dans le désert. Là où il n'y a rien, pense-t-il. Où le sable ne pèse rien. Et où le ciel est ce qui sauve.

« Désert où ma peur de ce monde voulait que j'aille me cacher », note-t-il dans ses cahiers.

Penché sur un talus, il s'est mis à la recherche d'une plante dont leur a parlé le père botaniste. Une plante qui peut rendre fou un cheval, qui peut même le tuer. Il en rêve. Dans un fossé, il trouve des belladones, des jusquiames et du bois-joli, hautement toxiques tous trois, même à très faible dose. Et si je faisais ça ? pense-t-il. Si je devenais le cheval fou ? Oui, si je m'en allais rejoindre Blanche, ainsi volant ?

Il se revoit sur le dépotoir d'un cimetière. Il a froid, il ne sait pas quel âge il a, ni si c'est vraiment lui qui est en train de jouer au milieu des fleurs mortes. Il repense alors à une autre fleur, que Léo lui avait fait connaître parce qu'elle poussait dans le jardin, derrière la ferme. « Ne la touche pas, d'accord ? Jamais. C'est la plus belle, mais ne la touche pas. Tu en mourrais. » Et il fallait la voir, cette fleur, comme elle sortait de terre et se découpait sous le ciel et le regard des bêtes. On ne pouvait que pleurer, pensait Josef, devant une fleur si belle, à fleurs mauves casquées roulant dans les talus, dont elle réenchantait les fonds, se disait-il encore, tandis qu'il lui donnait toutes sortes de noms, capuce-de-moine, coqueluchon, sabot-du-pape, aconit, pistolet, tue-loup bleu. Et toujours, durant toutes ces années, lorsque Fermine le surprenait accroupi devant ces fleurs, elle se disait que non, décidément, ce garçon n'était pas comme les autres. Mais elle l'aimait.

Dans trois semaines, il sera diplômé. Pour l'heure, il est là, tournant dans le parc en se répétant une phrase d'un philosophe qui s'est retiré dans les montagnes après l'avoir couchée dans son calepin : « Ce dont on ne peut parler, il faut le taire. » Se taire, le fils Lafleur s'y est mis comme on se met à parler. Lentement, progressivement, jour après jour.

C'est la deuxième et dernière fois qu'elle vient le voir au domaine des pères. À la pliure du bras, plus de cabas, ni de poisson : rien. Cette fois, elle est venue lui annoncer qu'elle en aime un autre, qui aime le jazz et l'emmène danser. C'est Jean, dit-elle, ton ami Jean Asslo. Il m'emmène au polo, au dancing. Il faut que tu viennes danser, Josef ! Mais le jeune homme à qui elle parle ressemble maintenant à saint Antoine, l'anachorète des chemins de sable, et c'est à peine s'il l'entend.

LA MARGE

C'est décidé, il remplacera le vieux maître d'école de Pic-du-Pin, village voisin de Douve. Pour l'occasion, Anna a organisé une fête. Elle qui est toujours restée du côté de la vie tient à célébrer la chose : trois ans maintenant que Josef n'a pas remis les pieds à la ferme. Seule, elle sort de la grange la grande table en chêne massif, l'installe dans la cour, la récure avec une brosse et la sèche avec une peau. Puis elle la couvre d'une nappe en papier, apporte des chaises, installe bougies et plats, et prépare de la bière, la plus sombre, la très noire, celle qu'aime Josef. Amère.

Mais lui, à mesure qu'il approche des lieux de son enfance, la tête lui tourne, tourne. Il n'a aucune envie de revoir Douve. La ferme, songe-t-il, n'est plus un lieu pour moi. Et Fermine, se demande-t-il en se mordant la langue, sera-t-elle là ? Avec Jean ? Et cependant que sa tête n'en finit pas de tourner et que son cœur tape dans sa poitrine, il touche la cicatrice en forme de croix qu'il a sur le menton, réajuste son nœud de cravate et se remet en marche, un goût de sang dans la bouche, de fer et de minerai.

Avant, ici, il n'y avait qu'une saillie de terre, pense-t-il, une crête aux coquelicots. Maintenant, les bus et les voitures sont là, et de nouvelles maisons ont poussé. Ici, on s'agenouillait avec Fermine et il y avait une mare remplie de crapauds, où l'on buvait. On avait tout le temps soif. Ici, on avait trouvé une dent de chien où Fermine avait vu la trace des nerfs, et moi, je me souviens, la forme d'un visage.

Étrange, vraiment, ce retour au pays, comme si trois ans avaient suffi à rétrécir le tout, les ruisseaux, les fourrés, la route et le village, à commencer par la hauteur du ciel et l'étendue des champs. Dès lors, non, il n'a aucune envie de revoir la ferme. Et pas plus Anna que Léo. Pire encore que le lait, ces lieux sentent le secret, le non-dit.

Quand il arrive par le sentier d'où le démon avait surgi, il entend des rires dans la cour et ralentit le pas. Il se glisse alors sous le porche et s'y arrête, afin de voir sans être vu : elle est là, avec Jean et d'autres jeunes, qui portent des chapeaux et fument des cigarettes. Elle est là. Et il la regarde comme il l'a toujours regardée. Par-delà la blessure, avec amour. Fermine, vingt dieux, tu es encore plus belle qu'en mon souvenir ! Il se sent déchiré, la déchirure du regret. Ensuite seulement, il regarde Anna, dont les cheveux ont blanchi, et Léo, homme-héron que ces trois années semblent avoir transformé en vieillard, malgré le bol de chicorée qui paraît ne pas avoir quitté ses genoux. Jean, il ne le considère pas. Les autres, c'est à peine s'il les remet. Des figurants, rien.

Puis ce sont les larmes des retrouvailles, la joie, Anna qui renverse les verres en se ruant sur lui. « Mon grand maître d'école ! Dans ce costume, tu es si beau ! »

Debout dans la cabane qu'il s'est aménagée sur la lande du plateau de Sauvenière, crâne rasé mais bonnet sur la tête, il récite la leçon du lendemain. Des mots qui se mêlent à la buée sortant de sa bouche et se posent sur la marmite de soupe qui réchauffe sur le feu. « Émile et Paul vont au bois, chacun sur un âne. Combien leur faut-il d'ânes ? Qui a le plus de pieds, Émile ou son âne ? Qui a le plus d'oreilles, Paul ou son âne ? Combien chacun a-t-il d'oreilles ? »

Se trouver un toit en bonne et due forme ? Pour quoi faire ? Cette cabane est bien assez grande, encore qu'un peu bruyante avec tous les travaux qu'ils font dans la vallée. Il déteste les travaux.

« Depuis que j'ai pris mes fonctions, note-t-il dans ses cahiers, c'est bien simple, ce ne sont que travaux et démesure, de sorte que le monde ne se ressemble plus. Hier, ils ont fini de raser dix hectares de forêt pour y construire leur golf. Leur golf ! »

Et une ligne plus bas : « Où placer le regard pour échapper à ça ? »

Puis : « Il faudra demander pardon à ce monde pour lequel nous n'avons pas été assez silencieux. »

Depuis trois semaines, un chien l'accompagne dans ses moindres déplacements. Un vieux chien, au poil dru, et au triste regard. Il l'a croisé un soir au retour de l'école, et depuis ils ne se quittent plus. On trouve certes curieux que le maître vive seul avec un chien sur le plateau de Sauvenière, mais, parce qu'il a réparé les murs chancelants de la cabane, s'est construit un lit à sa taille et, pour ses livres et sa collection de cahiers, une bibliothèque sous le toit, on le laisse faire. On laisse couler.

« Certains jours, j'ai peur de devenir comme Léo. Peu de choses me plaisent encore, à part voir mes élèves, marcher et faire du feu. Mes nerfs sont abîmés. Quant à mon estomac, j'y ai une brûlure constante. Ce que je voudrais, c'est être bon avec les autres, mais je ne me soucie pas assez d'eux et de leurs goûts, et cela est dû au fait que, même là où je suis bien, on dirait que le malheur me suit. Pourquoi suis-je incapable d'aller prendre le café avec Anna, par exemple, alors qu'elle me le demande et m'en supplie ? »

« Marcher jusqu'à l'épuisement pour gagner au retour le droit de m'endormir, telle une bûche sur des chenets. »

« La marche rend liquides mes peurs. Je ne suis jamais autant vivant que quand je marche. »

« Je songe à moi comme à un terrain vague. Par chance, j'ai un chien. »

Avec sa classe, ils se lancent dans le recensement des arbres et arbustes de la région, écrivent leur nom à la peinture à l'huile sur des cartons qu'ils exposent sur la place communale. Des centaines de noms, disposés en cercle, parce que selon Josef la beauté commence là, dans le fait de nommer les choses, d'en murmurer le nom : bourdaine, griottier, peuplier tremble, poirier, néflier, houx, myrobolan.

Devoir pour demain : nommez les fleurs sans queue, les fleurs de plus d'un centimètre et demi de largeur, celles d'un beau bleu, non barbues en dedans, les fleurs d'un rose lilas puis celles à tube étroit, chaque fleur à cinq lobes, à tiges sans poils, les fleurs de printemps.

En dehors des leçons, il plonge dans la doline derrière la lande, se glisse dans le goulet d'entrée puis progresse jusqu'à cette salle où, à l'aide d'une corde, il descend dans une nuit de quarante mètres de fond, une salle remplie de stalactites, tellement grande qu'on pourrait y construire une église, pense-t-il. Il passe là des heures innombrables. À prier, écrire et ne plus peser sur rien. Quand son chien aboie, il remonte.

Dans ses mutismes, il repense à Fermine, la fait rouler sous le ciel doux, dans les fougères, et dessine rien que pour elle, par terre, des vols de cigogneaux. D'autres fois, l'imaginant à ses côtés, il lui jure qu'elle sera son épouse et la mère de ses enfants. Il imagine leurs noms. Trois filles et trois garçons. Mais des crampes lui viennent aussitôt et, sans comprendre pourquoi, il se dénude et plonge dans les courants.

« Quand je marche dans des coins où personne ne me connaît, je me surprends à fermer les yeux et, alors, je suis envahi par le chant des moissons, le vent qui hurle, des rires d'enfants. Et ce mélange de sons est un ensorcellement. Rien n'est plus doux que quand le monde vous entre par les oreilles, car alors tout se mélange. Ce qui était en haut se retrouve en bas, l'important devient secondaire et, tout le temps où ça dure, plus personne n'a le dessus sur personne. Les mots des hommes sont refondus dans la voix des oiseaux, la vie parle une même langue, une langue pour tout le monde, arbres, sols, humains et bêtes. Fermez les yeux. Rien n'est plus doux que quand le monde vous entre par les oreilles. »

Dans son dos, on persifle. Ses méthodes peu académiques, le fait qu'il expose ses élèves au froid et aux intempéries, qu'il leur fasse prendre les chemins borgnes à flanc de falaise, leur apprenne la pêche en même temps que les mathématiques, et ne rentre qu'à la tombée de la nuit, le petit peuple de Pic-du-Pin n'aime pas trop. Non, décidément, il n'aime pas trop.

Depuis qu'il a battu le fils Janssen avec une branche de coudrier parce que celui-ci se plaignait d'être fatigué, il déambule loin du village. Sans but, avec son chien, son vieux chien au regard triste. Se sentant triste lui-même, il rêve qu'une main s'empare de lui et le balance dans un torrent. Que tout s'arrête. Certains soirs, il fait halte sous une sapinière, boit l'eau des flaques, puis se couche autour d'un feu. Rentrer dormir à la cabane, à quoi bon ? Pour quoi faire ? Et de se coller à son chien.

« Je n'aime plus le mot élève parce que je ne crois plus dans le mot maître. » Puis : « C'est moi que j'ai battu en battant le fils Janssen. Moi qui me suis puni de ne pouvoir vivre mieux, c'est-à-dire comme les autres. Comme Jean, par exemple. Ou comme Anna. »

Se rasant les cheveux, hurlant des histoires impossibles dans lesquelles un frère retrouve un frère pendu dans une étable, buvant peu, mangeant mal, après plusieurs semaines, il reprend son cahier et note : « Finalement, je suis mort le même jour que toi, maman. » Puis il reste là, comme s'il cherchait à se rapprocher d'elle, ainsi souffrant et s'humiliant dans cette maudite lande ouverte aux vents.

Un matin, il repense à un autre philosophe, qu'il imagine très vieux, avec une barbe blanche semblable à celle de Dieu, un philosophe qu'il lisait du temps de l'internat et pour lequel il y avait quatre questions à se poser : Que puis-je savoir ? Que dois-je faire ? Que m'est-il permis d'espérer ? Qu'est-ce que l'homme ? Lui, sa seule question est la suivante : quelle était la couleur de tes yeux, maman ?

Ce soir-là, il descend à Douve sans prendre le téléphérique, par les pentes impossibles, par les pierriers. Il a besoin de savoir. Tout. Tout de suite. Pour Blanche, pour son père. « Je veux savoir, dit-il en déboulant dans la cuisine où Anna pèle les pommes de terre. Raconte-moi Blanche. Vite, avant que le silence m'engloutisse. »

Deux heures plus tard, il écrit : « J'ai eu une sœur. Quoi ? Une sœur. Elle se prénommait Jeanne. » Deux heures plus tard, il sait tout. Et il comprend que les révélations qu'Anna vient de lui faire – sur la folie de son père et celle de sa mère, sur le suicide de l'un et le meurtre commis par l'autre – vont non seulement changer sa vie à jamais, mais la couper en deux. D'un coup, tout ce qu'il voulait être, tout ce qu'il avait imaginé pour lui-même est balayé. En certaines circonstances, il arrive que les promesses que l'on s'est faites, les plans, les projets, la vie dont on rêvait, que tout cela vole en éclats. Il y a deux heures encore on était cette personne un peu bizarre, ce maître d'école avec un chien ; soudainement on n'existe plus. On n'est plus rien. Soufflé. Balayé par l'onde de choc. Ne reste qu'un chemin qui avance dans la nuit, et la seule chose qu'on sait, c'est qu'il va nous falloir beaucoup de courage pour ne pas perdre la tête. Beaucoup de courage pour ne pas, à notre tour, devenir fou. « Une sœur. Elle se prénommait Jeanne. » En dessous, comme pour s'y accrocher, il note son nom : « Josef Lafleur ». Puis cette mention : « Ma vie à partir de maintenant sera coupée en deux. »

Le lendemain, il offre à ses élèves des biscuits à la cannelle achetés aux marchands ambulants, ceux ayant à leurs bras de grands paniers contenant pains et brioches. Il les aime, ses élèves, ses petits gars bouseux des cambrousses, mais il a tellement faim de sa propre histoire, il a tellement besoin d'apprendre à se connaître qu'il décide de lever le camp. Sans le dire à personne, non, sur un coup de tête, il part avec son chien, son vieux chien, glissant dans une enveloppe l'argent qu'il a gagné (à quoi bon conserver de l'argent ?) et laissant ce simple mot aux habitants du bled : « Ma mère s'appelait Blanche ; mon père, Gaspard. Pour ma part, j'ignore complètement qui je suis. »

L'ERRANCE

Assis dans une étable de la Haute-Folie, il fixe le chatoiement d'une lumière à la fenêtre du rez-de-chaussée, quand, sans s'en rendre compte, il gratte une allumette et la couche dans la paille, lentement, délicatement, comme s'il mettait au lit quelque petit garçon ou quelque petite fille. *Endors-toi, chéri de mon cœur. Sans t'inquiéter, endors-toi.* Lorsque les flammes se multiplient, il les étouffe avec ses pieds.

Le lendemain, il descend le replat vert, suit le sentier de Pisse-Vache où des ronces lui mangent les mollets, puis rebelote : il s'installe dans l'étable, observe la lumière à la fenêtre en se demandant qui peut bien occuper la ferme, craque une allumette, distraitement cette fois, et laisse les flammes grandir avant de les réprimer de ses deux pieds.

Pendant plusieurs jours, il sillonne les prés et les champs, les cols, les gorges, fait cent fois le tour de la Haute-Folie avec l'envie simultanée de rire et de pleurer, pénètre dans les vergers, vole des œufs, de poule et de caille, puis prend la poudre d'escampette et trouve refuge sur un sommet, la bien nommée crête aux Cassis.

Depuis qu'Anna lui a tout révélé sur les siens, le manque qui vivait en lui est encore plus grand, sa brûlure plus terrible. Il se sent orphelin d'une manière nouvelle. « Tout au fond de moi, note-t-il, il y a une gare. Et le quai de cette gare est plongé dans la nuit. Et un petit garçon, qui n'est pas moi et qui est moi, attend éternellement sur ce quai de gare un train qui ne passera jamais. »

Il y a plus. Ce qui le tue est le secret. Pas juste la malédiction qui a frappé ses parents, pas uniquement les flammes le jour de sa naissance, pas seulement le manque, mais le silence dans lequel Anna et Léo l'ont contraint de grandir. Elle est là, la violence. La malédiction ? C'est ce silence, cette distance de soi à soi que d'autres vous imposent.

Il reste sur son sommet rocheux, tel un stylite, encore trois ou quatre jours, attendant que quelque chose se produise, un miracle, la grâce, ou simplement que le temps passe. Il ne sait pas. Il a eu besoin de voir l'étable, la ferme, autant dire la source du mal, mais maintenant il ne sait plus ce qu'il fait là. Est-ce cela la vie que tu veux, Josef ? Voler, te cacher et rôder en ces lieux maudits ? Il repense à Esther, à l'enfant. Et parce que le soleil est haut dans le ciel, il décide de se mettre en route et de traverser le pays.

La maison d'Esther, cahute à rouges bardeaux posée à la lisière d'un bois, est telle qu'en son souvenir. Hors du temps et du monde, elle sent la crasse et la fumée, mais aussi le plaisir de lire un livre assis sur une huche à bois, de se laver dans un cuveau, de boire un verre et de manger des patates au beurre rehaussées de sel de mer, de nager dans le ruisseau qu'on appelle de la Truite maladroite, et de boire du café en fumant la pipe, bien sûr, toujours fumer la pipe en buvant du café. Bon Dieu de bois, rien n'a changé, pense Josef. Si. Quelque chose a changé. Un enfant vit ici, qui le regarde. Joufflu, basané, en très belle forme, visiblement. « Qui es-tu ? » demande l'enfant. « Josef, répond Josef. Et toi, qui es-tu ? » « Josef », répond l'enfant. Et il se met à rire, oui, deux Josef dans sa petite maison, ça le fait rire. Et l'autre Josef aussi se met à rire. « Où est ta mère ? » demande-t-il. « Aux champs », dit l'enfant. « Ah », dit Josef. Et c'est tout. Ils restent là tout l'après-midi, dans la maison à rouges bardeaux. Puis Josef donne à Josef un mot qui dit ceci : « Chère Esther, je suis passé à l'improviste.

Josef est un garçon formidable, plein de lumière. Nous n'avons fait que rire. Soyez heureux. Josef »

Puis il part, il ne réfléchit pas. Il retrouve l'auberge où ils logeaient avec Fermine, l'auberge près de la mer, du temps de l'internat, et refait les mêmes marches, les mêmes ascensions, mange les mêmes truites aux mêmes endroits, mais seul, maintenant, tout seul. Sa peau est brune comme la couverture d'un vieux livre. Il a encore maigri. « Travailler dehors, note-t-il, c'est laisser au désespoir le moins de prise possible. Laisser au désespoir le moins de prise possible, voilà ma vie. » Il écrit à la bougie, toute la nuit, et dort le reste du temps, sur un rocher face à la mer. Il ne rencontre personne, ne se lie avec personne.

Il lit les Pères du désert. Il lit aussi les Mères du désert. Il écrit : « Finalement, il semble que je ne puisse me mélanger qu'à moi-même. »

Ses cheveux sont gris, désormais. Sa barbe aussi. Ses cahiers sont remplis de dessins, de visions. Bien qu'il soit encore jeune, il a beaucoup vieilli.

Décrivant des boucles dans la lumière que fait la lune à la surface de l'eau, il nage parfois jusqu'au petit jour. Des boucles, des boucles, comme s'il volait. Puis il se couche sur son rocher. Il y a de la lumière. Il y a du soleil. Son vieux chien n'est plus avec lui.

Au bout d'un temps, après avoir fréquenté marchands de sel et bateliers, poissonniers et pêcheurs, il devient passeur d'eau plus au centre des terres. Le soir, il fait du feu et s'endort pelotonné dans un châle, près de sa barque. Il a besoin du contact de l'eau et de passer, c'est comme ça, d'une rive à l'autre en permanence. Il parle à Blanche, et aussi à son père. Oui, chaque fois qu'il traverse la rivière, il lui adresse des mots : « De m'avoir fait une blessure mortelle, cher papa, je te hais. Et dans le même temps, je te pardonne. » À Anna et Léo, il pardonne peu. Ou disons que, certains jours, il leur pardonne et d'autres jours, non.

« Hiver froid et lumineux – je vis sans vivre. »

Et, tandis que passent dans sa barque les plus pauvres des plus pauvres, mendiants, vagabonds, métayers et bordiers, ceux qui n'ont pas leur place dans le murmure des villages, ainsi que des marchands, des vieillards, des enfants, une force nouvelle lui vient. « Noyer, note-t-il, le peu de force intérieure qu'il me reste dans une force plus grande. Finalement, il semble que je puisse quand même me mélanger aux autres. »

« Être l'autre, dans cette barque c'est possible. Tous les autres. »

« Hier, en menant le bac plein à craquer, j'ai pensé que les gens ne traversaient pas seulement la rivière, mais moi-même. Le soir, plein à ras bord de leurs anecdotes et de leurs toux encharbonnées, je me suis endormi direct. Pendant sept heures. »

Du temps passe. On le retrouve sur les chemins boréaux, priant devant des croix d'occis ou recueillant dans les églises la poussière du tombeau des saints, censée le guérir de son mal à l'estomac, cet ulcère qui à nouveau le fait souffrir.

Au vrai, c'est de son tourment qu'il tente de se sortir. De cette blessure sans nom qu'il a au cœur. On se perd parce qu'on a trop mal. On devient fou de trop souffrir. La folie ? C'est le pays des souffrances qui n'ont plus nulle part où aller. Il le sait. Et voilà pourquoi il sent si vivement qu'il faut aimer les êtres fragiles et un peu siphonnés : au fond d'eux sont des pleurs qui n'ont pas d'autre issue.

Il se souvient que saint François d'Assise, quand il rencontrait un mendiant encore plus mal vêtu que lui, enlevait immédiatement ses propres vêtements pour les lui donner. « Je pense que le Grand Donateur considérerait comme un vol de ma part que je ne donne pas ce que je porte à quelqu'un qui en a plus besoin. »

Note : « Je ressens alternativement le besoin d'aller mieux et de sombrer. »

En lieu et place de médicaments – il ne les supporte pas –, son remède est un bâton de pèlerin, avec lequel il déambule dans les villages. En guise de bonjour, il lève ce bâton, toujours délicatement, mais jamais on n'entend le son de sa voix. Les seules personnes à qui il parle sont les enfants, qui accourent à sa vue et l'appellent Grand Homme.

Un jour, il accepte la proposition d'un riche fermier de restaurer l'aile ouest de son bâtiment, dont les murs sont près de s'effondrer. Six mois, il dort sur une paillasse et ne s'arrête jamais, même pas les dimanches. Mais, songe-t-il, dans la mesure où il dispose d'un poêle crapaud, et de ses cahiers, et de ses livres, ça lui va, c'est très bien.

Il travaille là de la fin de l'hiver à la fin de l'été. Les travaux achevés, le fermier lui offre une bourse remplie d'écus. « Accepte cet argent, Josef. Tu as fait ce qu'aucun autre homme n'aurait fait. Je te remercie beaucoup. »

Ayant à sa manière fait vœu de pauvreté, il refuse l'argent et passe tout l'automne à dormir. Sans écrire une ligne. Sauf celle-ci : « Vivre a du bon. »

À l'hiver, il se met en quête d'une maison à l'abandon et la trouve en petite montagne.

« Bien chère Anna, je t'envoie cette lettre pour que tu saches que je vais bien. Il me semble que je digère seulement tout ce que tu m'as dit. Pardonne-moi d'avoir été dur et sache que je n'ai plus de colère envers toi, ni envers Léo, ni envers mes parents. On fait tous ce qu'on peut. Quant à rentrer, impossible. J'ignore où est ma vie, mais je la cherche, crois-moi. Je me tue à la chercher. Ton Josef qui t'embrasse. »

Quand sa santé le lui permet, mais également quand ce n'est pas le cas, il va dans les cimetières. Il déchiffre les noms sur les tombes. Il les nettoie. Des cimetières et des fleurs, toujours et à jamais. Il adore ça.

Il ne croise pratiquement personne, mais lorsque ça se produit, les gens s'arrêtent, médusés. Magnifique, disent les uns. Maléfique, disent les autres. Et de crier au fou.

Bientôt, le bruit courant qu'un géant vit reclus dans une petite maison de montagne, on vient à lui avec des demandes. On arrive avec des cadeaux, puis on le bombarde de questions. Prierais-tu pour un enfant malade ? Poserais-tu, Grand Homme, tes mains immenses sur une blessure de feu ? Soignerais-tu, comme on le dit, le mal de sainte Barbe et le mal de saint Éloi avec de simples fleurs ? On vient à lui de tout le pays. Et lui, Josef, lui vous regarde sans dire un mot.

Il vient d'avoir quarante ans. Un jour, il écrit : « Est-ce ça la vie que tu veux, Josef ? Être pris pour ce que tu n'es pas ? Faire ce que tu ne veux pas ? Rentre chez toi, vieil homme. Il est grand temps. »

LA HAUTE-FOLIE

Son bissac sur l'épaule (une poche pour le pain et l'autre pour la boisson), il quitte son cabanon de la crête aux Cassis, suit le sentier de Pisse-Vache, se rince à la fontaine et se rend à la carrière où il s'assoit sous l'auvent de tôle avec les autres. Chaque matin, le même rituel. Un café arrosé à l'eau-de-vie, deux ou trois blagues, puis vient le *tac*, contact de la chasse et de la massette sur le pavé qu'il tranche à l'endroit où son ongle a au préalable tracé le repère. Il y a deux mois, il est revenu s'installer au village où il est né et le voici tailleur de pierre. Épinceur, pour être précis.

Au début, le peuple de punaises de lit étant ainsi fait qu'il lui est impossible de vivre sans juger, on l'a regardé avec méfiance, en lui demandant d'où il venait pour avoir une taille comme la sienne. On a dit des choses sur son compte. On en a fait un chapardeur, un bandit, un truand. Et lui, sans se dérober, a aussitôt mis les choses à plat en disant qu'il était le fils de Blanche l'assassine et de Gaspard le pendu, et que, quoi que ces deux-là aient fait, il les aimait. Ensuite, il a dit : « Je suis Josef et j'ai été instituteur, passeur d'eau, ouvrier dans le bâtiment et faux guérisseur. » « Faux guérisseur ? » Le peuple de punaises de lit a immédiatement levé les yeux. « Tu veux dire charlatan ? » « Non, je veux dire que je n'ai jamais guéri personne. »

Puis de l'eau a coulé sous les ponts, chacun est reparti à ses commérages et il a trouvé sa place à la carrière, en lavant les outils, d'abord, puis en faisant rouler les blocs, en tirant le chariot, en préparant le fourneau de mine et, pour finir, en devenant épinceur. Trop adroit pour faire rouler des blocs, Josef. Partant de quoi, il regarde jour après jour ce paysage de grès jaune, respire à pleins poumons et avale son petit en-cas avec les autres : des bananes et du pain. Un simple cruchon d'eau. Toucher la pierre. Dormir au cabanon. Il est là, son bonheur. Vis simple, Josef, vis lent.

« Chers parents, je vous présente mes meilleurs vœux. Que cette année nouvelle soit synonyme de paix. Que vos travaux continuent à vous apporter joie et satisfaction. Que vos nuits soient sereines et, je vous en prie, qu'on n'attende pas Noël prochain pour se revoir. » Assis sous l'auvent avec les autres carriers, il rédige leur courrier. Vœux, remerciements, excuses. Lettres de rupture ? Aussi. Les autres n'en reviennent pas. Un homme instruit devenu carrier ! À Anna et Léo, il écrit également, mais peu, et toujours succinctement. « Vous ai fait envoyer des sous. » « Vous embrasse. » « Pense à vous. »

Dans ses cahiers, les notes aussi se font lapidaires. « Moins de mots, plus de vie. » Il est tombé très bas pendant ses années d'errance, à présent il va mieux. « Les gouffres ? Une guérison qui attend son heure, une lumière qui attend son envol. » Il écrit moins souvent sur sa propre personne, ses yeux s'ouvrent, il voit plus grand : « Trois semaines de sécheresse viennent de raboter les prairies, ne laissant au pauvre bétail qu'un peu d'herbe grillée. » Enfin : « Depuis que je bosse à la carrière, je sais ceci : la pierre ne ment pas. »

Chaque matin, quand Juliette, surnommée Bec en raison de son bec-de-lièvre, le voit passer devant chez elle, elle a du mal à se contenir. La barbe en friselis de Josef, son élégante minceur, sa fossette orpheline, là-haut, côté gauche, et ses yeux noirs si vifs, tout lui plaît chez ce grand escogriffe. Alors, oui, chaque matin elle rêve qu'il pose ses yeux sur elle et la remarque, plantée devant la fenêtre du rez-de-chaussée de la Haute-Folie, où se déroule sa vie.

Depuis combien de temps n'a-t-elle plus quitté sa chambre ? Depuis combien de temps y vit-elle claquemurée ? Depuis combien de temps le peuple de punaises de lit n'a-t-il pas eu l'occasion de se payer sa tronche ? Pour l'essentiel, il lui semble ne jamais quitter cette chambre, même quand elle trait, même quand elle est aux foins, même quand elle tond ses trois derniers moutons. Même là, il lui semble qu'elle y vit consignée, dans cette chambre.

Mais pour l'heure, la voici, elle vient de se natter les cheveux et marche en direction de la place. Au bout de la rue, elle entend la kermesse, le souffle du manège, le stand de tir aux pigeons. La voici et, immédiatement, il la remarque. Sa façon de marcher sans vouloir apparaître, ses yeux qu'elle promène sur la foule en les plissant comme des animaux apeurés, son dos voûté, sa bouche pas comme les autres, qui lui fait à la fois l'air buté et rieur, ça lui plaît. On dirait moi, pense-t-il. Cette fille, oui, a l'air aussi mal à l'aise que moi dans la foule.

Discrètement, le parfum de la fabrique de pommes d'amour dans les narines, ils se font face pour la première fois et, même s'ils n'échangent pas le moindre mot, tout est dit. À la carrière, le lendemain, on lui confirme ce qu'il ne sait que trop : Bec est la fille de Jünger, dont elle a hérité la fortune et les propriétés.

« Ne t'en approche pas, Josef. Les chiens ne font pas des chats. Elle est maudite. »

« Josef, cher Josef, votre lettre (quelle idée de l'avoir glissée dans la cruche à lait !) m'a fait plaisir. Je pensais que vous m'aviez oubliée. Pour le reste, je vous aurais répondu plus vite si je n'avais été malade et obligée de garder le lit. Moi aussi, j'aimerais vous revoir (me regarderez-vous encore comme ce soir-là, sous les lampions ?). Nous irons promener aux étangs. Mes pensées vous suivent. Juliette. »

Ils marchent ensemble dans les hautes terres et, tandis qu'elle lui donne la main et lui ouvre son cœur, à l'endroit même où se tenait le vieux tilleul, soudain, il voit des flammes, les corymbes d'un pommier se changer en brandons roux, des ailes d'oiseaux brûlées, balayées par un feu qui lentement remonte les prés et finit par détruire jusqu'à la ferme. Juliette ne se rend compte de rien. Mais elle sait, bien sûr. Elle non plus n'ignore pas qui est Josef.

Certaines nuits, quittant la crête, il touche la pierre du corps de logis, rôde dans la cour, épie à travers les carreaux puis se couche dans un tas de foin. Là, il sort un de ses cahiers, son crayon gris d'ancien maître d'école et, concentré et studieux, reproduit dans les moindres détails tout ce qu'il voit : les bâtiments et les fenêtres, la remise, les stalles et les pots de fleurs. Tout ce qu'il voit. Puis tout ce qu'il ne voit pas : sa mère, son père, la chambre de deux enfants. Jeanne et Josef. Josef et Jeanne. Au petit jour, il disparaît.

Josef et son ami Raoul sont assis dans le cabanon de la crête aux Cassis. Au fil des mois, Josef y a construit de véritables sièges, sculptés dans du noyer, une vraie petite table, des meubles où sont rangés couverts, casquette, pipe en écume de mer et, au fond d'une paire de bottes, quelques billets et ses papiers. Mais ce sont les livres, en pile, en tas, partout semés, qui interpellent Raoul. « Tu as lu tout ça, Josef ? » « De quoi parles-tu, Raoul ? » Et de dégoupiller une bouteille d'eau-de-vie avec, entre deux gorgées, l'envie de plus en plus pressante de lui parler de ce qui lui déchire le ventre chaque fois qu'il voit Bec. Au lieu de quoi, il entame une deuxième bouteille et grimpe avec Raoul sur la superbe moto de ce dernier.

« Je soussigné, Raoul, carrier, certifie avoir reçu de la gendarmerie une pipe en écume de mer, un portefeuille en cuir brun contenant la somme de 1200 frs, dont 1 billet de 1000 et 2 billets de 100, un imperméable, divers papiers et une carte d'identité, le tout appartenant à Josef Lafleur, lequel a été accidenté ce jour même entre le val et le replat vert. »

« Je soussigné interne en chirurgie certifie que Josef Lafleur a été hospitalisé dans notre service pour commotion cérébrale. Les travaux de force lui restent interdits pour trois mois, à l'issue desquels nous le reverrons. »

« Mon Josef, n'avoir de tes nouvelles que par Raoul (il me dit te trouver petite mine) me rend triste. Je voudrais te dire que je suis désolée pour ton accident, mais je voudrais surtout te dire ceci : moi non plus je n'ai pas eu de père, mais pas à cause de ce que Blanche a fait, non, plus simplement, parce que mon père ne pensait qu'à lui. Je veux dire, même lorsqu'il était en vie, pour moi, il était mort. Je suis fatiguée du passé... Pourquoi ne me rejoins-tu pas quelques jours ? Tu dois mourir de froid, seul sur la crête ! Aussi t'ai-je fait expédier ce jour même un colis contenant six bananes déjà mûres ; du salami ; de la choucroute garnie ; du confit d'oie ; de la langue de veau et des tablettes de chocolat. Mes pensées te suivent. Juliette. »

Il marche avec elle près de l'étang, silencieux comme à son habitude, non, encore plus silencieux qu'à son habitude. Comment aimer la source du mal ? Comment t'aimer, Juliette ? Y a-t-il un pardon possible ? Sans un mot, elle glisse sa main dans la sienne et, pour la première fois depuis son embardée à moto, elle le crible de baisers et le fait rouler dans le foin. « Fais-moi un fils,

Josef. On se fait vieux. » À nouveau, elle l'embrasse. Ensuite elle le dénude et, brusquement, le plante en elle.

Une nuit, il casse une vitre et se retrouve dans la ferme. Juliette dort, le poêle est encore tiède, tout est calme. Il s'installe sur une chaise, face à la table, sort son crayon, arrache une page de son cahier et s'imagine lui écrire une lettre-fleuve qui dirait tout de sa douleur, et combien il l'aime et combien il la hait, mais finalement il se ravise et jette le bout de papier au feu. Derrière la porte, elle est là qui l'épie.

Longtemps, elle reste là à l'épier et se surprend à faire rouler son pouce sur son index, un geste ancien, vieux, le même que lorsque petite fille elle récitait son chapelet. Elle reste là, Juliette, et sans se manifester implore le ciel ou ce qui en tient lieu. « Faites que tout ceci dure, que les rancœurs s'apaisent, que l'amour éclabousse tout et qu'il nous soit donné de vivre notre destin. »

Un soir, en remontant de la carrière, il se campe au sommet d'un arbre et observe la Haute-Folie, son toit d'ardoises, ses murs de chaux, ses poutres en chêne enchâssées dans la maçonnerie. Cette ferme, pense-t-il, cette ferme nous revient, maman. Elle est à nous. Auréolé de poussière, la poussière jaune du grès qui passe entre ses mains, il s'enfonce dans le bois et marche, plus que ne peut le supporter un corps, plus que ce qui est possible à un homme sain d'esprit ou, disons, un homme que ne hanterait pas un impossible amour.

Dressé dans la forêt, il se tient la poitrine, la tête lui tourne, mais il a pris sa décision. Si bien que, lorsqu'il redescend au village après avoir entièrement vidé la crête, brûlé ses meubles, ses livres (il conserve ses cahiers, ses dizaines de petits cahiers ainsi que la page d'un fascicule où est écrit : « Dites-leur que j'ai eu une vie formidable »), c'est pour dire à Juliette : « C'est oui, Juliette. Pour l'enfant je ne sais pas, mais je voudrais qu'on se marie. »

Un anneau en argent au doigt, mais sa cravate nouée de travers, il pose son baluchon au milieu de la cour, respire à pleins poumons et fixe le bâtiment en se répétant que ce qui était à eux leur est enfin revenu. « Cette ferme, maman, cette ferme est à Juliette autant qu'à nous, maintenant. Je suis marié. » Et cependant qu'il balaye le ciel en se sentant traître et imposteur, menteur et hypocrite, elle l'enlace par-derrière et lui promet nombre d'enfants. « On en aura combien, Josef ? D'enfants, tu en aimerais combien ? »

La même nuit, sans une explication, il prend la fuite. « Elle est à nous. Quoi qu'il arrive, la Haute-Folie nous est revenue. » Et il répète en boucle ces mots dans sa barbe, et il s'enfonce au-delà, bien au-delà du val et du replat vert, au-delà du village, en haute tranquillité. Il a quarante-quatre ans. Il ne remettra plus jamais les pieds dans le monde des hommes.

LE DOUTE

Il a aimé les morts plus fort que les vivants. D'un autre côté, son amour pour Fermine et Juliette était intense et vrai, Fermine et Juliette dont j'ai pensé parfois qu'elles se juxtaposaient dans son esprit, au point de ne former qu'une seule et même personne. Un seul et même amour. Ce qui est faux. Il les a aimées dans ce qu'elles avaient de plus follement unique. Bref. On ne fait jamais complètement le tour de quelqu'un. De soi non plus on ne fait jamais le tour. Pour une bonne part, on reste des énigmes. On s'imagine plus magnanime qu'on ne l'est. Plus fort. On se convainc qu'on sait, mais on n'en finit pas de douter.

Dans une note tirée d'un des nombreux cahiers de Josef, note qui est la seule à avoir quitté les cartons où se trouvent toutes les autres, note placée sous un cadre en mélèze non loin de la baie vitrée, on lit : « Hier soir j'ai quitté le plateau et suis descendu au village. Je m'étais promis de ne pas le faire ; je l'ai fait. Comme il n'y avait ni étoiles ni lune, je me suis promené sans crainte d'être aperçu. Vers minuit, je me suis posté devant la maison de mon ami Raoul et j'ai eu envie de jeter une pierre à travers le carreau, afin de le réveiller. J'avais soif de le revoir. Plus tard, je suis passé devant les autres maisons, les maisons de ce bon peuple de punaises de lit, et quelque chose m'a piqué le cœur. J'ai mesuré combien je me suis toujours senti différent d'eux et combien, en même temps, j'étais un frère qui les aimait. J'ai alors marché vers la Haute-Folie, où je suis entré discrètement. J'ai pris le grand escalier et me suis retrouvé dans la chambre de Juliette. Je me suis penché sur Juliette. J'ai respiré le souffle de Juliette. J'ai touché ses cheveux. Et j'ai senti une larme me glisser sur la joue. Je vais rester, me suis-je dit, je vais rester jusqu'à demain, et demain, je vais rester encore, et cela tous les jours, jusqu'à ce qu'il n'y en ait plus. Je vais rester et je vais être bon. Voilà ce que j'ai pensé. Puis Juliette s'est tournée dans le lit et j'ai pris peur. Je suis parti. À l'aube, j'avais réintégré ma grotte. »

Il savait ce qu'il faisait. Je veux dire, son « choix » de quitter le monde était le seul possible, même s'il a beaucoup coûté à Juliette et à tous ceux qui le fréquentaient. Mais il me plaît de penser qu'une nuit, quelques heures ou quelques instants, il a douté. Tout son amour tient dans ce doute.

L'ENFANT

Avec sa chasse et sa massette, il a creusé la roche et s'est aménagé une couche qu'il couvre de branchages, de fleurs et de fougères, selon ses envies. Mais le plus souvent, il ne la couvre pas et dort à même la pierre, dans cette couche creusée à l'intérieur d'une grotte qu'on appelle le Nid de l'aigle, en raison de son difficile accès.

Si des hommes passaient par ici, ils entendraient sa toux, rauque et noire, et pourraient voir l'envol des chauves-souris que cette même toux tire de leur sommeil. Mais nul ne vient ici. Jamais. Le Nid de l'aigle, les locaux le laissent aux frimas, aux orages, aux vents violents et aux esprits mauvais. Pour le reste, il ne possède plus rien, ni siège, ni table, ni meuble pour ses couverts ; pas de vaisselle, plus de papiers ni de portefeuille, rien. Uniquement sa très fidèle pipe, sa casquette d'épinceur, son bissac et ses nombreux pays de papier : cent vingt cahiers en tout. Plus une gamelle, où il jette quelques baies, orties, insectes et trèfles, histoire de se nourrir un peu, quand même.

Saison après saison, il observe les champs et les fleuves. Quand il fait beau, il aperçoit le toit de la Haute-Folie. Mais uniquement quand il fait beau. Et loin, très loin. Alors, il se glisse dans le torrent et boit, se lave et est en paix. À Douve, Anna et Léo n'en finissent pas d'attendre un mot, une lettre. Ils n'en recevront pas, et c'est comme si ce silence au fil du temps devenait porteur de paix. Tout va bien, dit le silence, soyez sans crainte. Oui, quelque part en ce monde, leur fils pas comme les autres a trouvé ce qu'il cherchait. Ils le ressentent profondément. « Pour Josef tout va bien, n'ayons plus peur. »

C'est un enfant qui vient à lui ce jour-là, plus pâle et plus chétif que le Josef d'Esther, mais qui lui fait monter au cœur la même joie, cette joie folle que seuls offrent les enfants. Il porte une culotte courte et ses mollets sont maculés de lisier, de piqûres et d'égratignures en biseau. Sans doute des ronces, pense Josef en le voyant trotter. Des ronces, ou bien des berces du Caucase. Et, allant à sa rencontre tandis que la fumée blanche et bleue de sa pipe noie son visage, il lui demande ce qu'il fait là. Comment il est arrivé jusqu'ici.

« Tu es qui ? » dit-il. « Gaspard », répond l'enfant, qui toussote, chasse la fumée qui lui pique les yeux, puis montre l'abrupte paroi plongeant dans la vallée. « Je suis venu par là », dit-il. Et derechef, il montre l'abrupte paroi, puis ses biceps. « À la force des bras », dit-il. Et il sourit en se touchant les biceps. « Tu veux t'asseoir ? » demande Josef en lui montrant une pierre plate devant la grotte. L'enfant ne répond pas. Il reste là, à contempler le paysage en sautillant sur place. Comme s'il avait besoin de faire pipi, pense Josef. Ou qu'il avait très froid.

« C'est beau ici, dit l'enfant en continuant de scruter l'horizon et de sautiller sur place. Moi aussi, je me suis enfui. » Et aussitôt, mais moins comme des questions qu'une série de farfelues affirmations : « Tu es très vieux ? Tu vis là parce que tu es pauvre ? C'est un pari que tu as fait et que tu as perdu ? Tu as été puni ? » Josef sourit. Il regarde passer des bruants et des grains de pollen. Puis il regarde l'enfant qui tout à coup ne bouge plus, ne dit rien. Et la nuit commence à tomber, et l'enfant, alors, se lève et le salue. « Quand je m'enfuirai encore, je reviendrai te voir. C'est d'accord ? » « C'est d'accord », dit Josef.

De plus en plus voûté, Josef, parfois, emmène l'enfant sur les hauteurs, dans ces monts désolés où personne, aucun homme, aucune femme, n'aurait l'idée de venir. Les gens de la vallée sont bien trop occupés, dit-il à l'enfant. Et il lui montre les grottes, les orchidées, la cascade, les oiseaux. Et l'enfant, lui, de peur de se voir dévoré par des loups, englouti par l'orage, broyé par des branchages, serre fermement la main de Josef, dont les yeux se plissent. Comme c'est bon, pense-t-il. Elle est là, la vie que tu voulais. Et il sourit encore, gardant dans sa main la main du petit.

D'autres fois, afin de l'apitoyer et d'être sûr de lui plaire, l'enfant lui ment. « Maman me bat, dit-il. Je dois prendre les poussières en étouffant ma voix. Je dois mettre des gants pour jouer, je ne dois pas la tirer de son sommeil, sinon, elle sort la ceinture et frappe. » Et dans ces moments-là, c'est Josef qui lui prend la main et le rassure.

L'enfant vient une fois par mois. Parfois plus, parfois moins. Et toujours il s'inquiète pour la santé de Josef. « Tu tousses beaucoup », dit-il. « C'est vrai », dit Josef. « Ça va passer ? » « Oui. » « Tu es sûr ? » « Oui. » « Pourquoi ? » demande l'enfant. « Ça passera », dit Josef.

D'autres fois, le voyant faire du feu ou sculpter dans la pierre des figures d'animaux, l'enfant sourit et se dit que ça va, qu'il est encore en bonne santé. Il s'apaise. Et il le voit bondir d'un rocher à l'autre, entre les fleurs et les orties, comme si son âge était sans effet sur ses longues jambes et ses pieds infinis. « Suis-moi, Gaspard ! Ceci est le chemin le plus court, le plus direct pour atteindre la source. On boira là, à la source, directement. » Et tous deux foncent alors, bondissent entre les à-pics, dans les courants.

Avec lui je n'ai plus mal, pense le petit. Le soleil ne brûle plus ma peau, mon maître ne me fait plus peur et la vie me semble belle. « Mais je ne mange pas assez, dit-il en regardant Josef. Maman me prive. » Josef sourit. Le regarde. Sort, sans le quitter des yeux, une vieille banane du sac à bandoulière de Gaspard, puis de sa propre poche un petit couteau, et lui dit comment faire pour manger comme il faut. « Quand tu manges, tu dois toujours séparer ce dont tu as besoin pour ta survie et ce qui est là pour ton plaisir. Imagine, dans ta gorge, que quelque chose comme un petit mécanisme ou une invisible machine puisse séparer les deux. Tu vois ce que je veux dire ? » Puis aussitôt : « Quand tu manges, cette petite machine met d'un côté le nécessaire, et de l'autre, l'inutile. » « Oui », dit l'enfant. « Ce dont tu as besoin, mange-le, dit Josef. Ce dont tu n'as pas besoin, ne le mange pas. » « Oui », dit l'enfant. « Cette banane, dit Josef. Si tu as si faim que ça, pourquoi tu ne la manges pas ? » « J'aime pas », dit l'enfant. « Tu en es sûr ? » dit Josef. « Oui », dit l'enfant. « Dans ce cas, c'est que tu n'as pas faim », dit Josef, qui enfourne la banane et se met à la mâcher avec grand bruit en faisant une tête de siphonné, ce qui fait éclater de rire l'enfant.

Gaspard est assis à côté de lui, une marque de frotteur sur le front. D'une voix menue, il lui confie qu'il en a marre d'être un enfant, que son maître le bat parce qu'il est nul et que l'école est une horreur. Alors Josef, excellent conteur quand il veut bien parler, Josef se penche sur lui et lui explique les sortilèges, les façons de soigner les douleurs réputées intraitables en frottant, par exemple, telle plante sur telle partie du corps. « Tu comprends ? dit-il. Cette plante, délicieuse, anisée, au jus couleur d'or pur, cette plante rare connue d'une fille nommée Fermine, cachée dans des bois très lointains, cette plante peut te faire pousser de trente centimètres en quelques secondes à peine, Gaspard. » « Quelques secondes à peine ? » dit l'enfant dont le visage s'illumine. « Oui, dit Josef. Quelques secondes. Moi-même j'en ai mangé et tu vois comme je suis ? »

Puis il se met à dessiner des figures d'animaux. Il les dessine à même le sol de la grotte, sa grotte, de la seule pointe de son index. « C'est quoi ? » dit l'enfant. « Un truc, dit Josef. Une autre façon de grandir. Quelque chose que je connais bien. » Il fixe Gaspard. « Émile, Paul et Alice vont au bois, chacun sur un âne. Combien leur faut-il d'ânes ? Qui a le plus de pieds ? Qui a le plus d'oreilles ? » Gaspard bondit. « C'est ça que je ne sais pas faire ! C'est pour ça que le maître me bat ! » Il se met à pleurer. Et Josef ne dit rien, mais lui caresse le haut du dos, lentement, très lentement, comme seuls font les ermites et les saints. « Tu apprendras. » Et de reprendre l'exercice en traçant d'autres figures dans la terre.

Quand Gaspard n'est pas là, il pense à lui. Qu'est-ce qu'il est en train de faire ? Quand viendra-t-il ? Reviendra-t-il ? Assis sur sa pierre plate à l'entrée de la grotte, il regarde les astres, le vol des milans et du grand-duc vivant dans les replis, et il se sent léger. Mon bonheur est dans la distance, pense-t-il. Trop près de ceux qu'on aime, on les détruit. Sans bruit, il sort son vieux couteau, ramasse une belle branche de sureau et sculpte pour Gaspard une flûte mignonne, un mince pipeau. Il le lui offrira à sa prochaine visite.

Quelquefois, l'enfant vient à la grotte avec une petite bouteille de Coca. « T'en veux ? C'est comme du caramel. » D'autres fois, ce sont des vierges en guimauve, des bonbons à la graine de carvi, des petites boules de massepain et des statuettes de saints en chocolat qu'il lui propose. Josef n'en revient pas. « Qui te donne tout ça, Gaspard ? » « Pas ma mère, en tout cas ! Elle me prive ; elle me bat ; elle dort toute la journée et je suis toujours seul. » Il baisse soudain les yeux, sentant son nez se mettre à grandir, de sorte que, tête basse, il avoue par lui-même. « C'est maman qui me donne ça. Elle n'est pas si méchante, en vrai. »

Ensemble, ils vont à la cascade, font du feu, boivent du Coca, chantent, inventent des noms pour les plantes et les pierres, et pour eux-mêmes aussi. Après quoi, l'enfant lui parle de la guerre. « Il y a eu des millions de morts, c'est ça ? » Puis aussitôt : « La guerre, Josef, c'est quand les pères s'en vont et ne reviennent plus ? Quand les mères ouvrent les flasques de poison qu'elles ont sous leurs cache-cœurs, pour se sauver des griffes de l'ennemi ? Quand plus personne n'entend le pleur des enfants ? » Mais Josef lui répond que non, ce n'est pas ça. « La guerre, dit-il, ce sont des enfants qui continuent de jouer, qui ne s'arrêtent jamais de jouer. Ni de sourire, ni d'espérer. Même quand partent les pères et qu'ils ne reviennent pas. »

C'est la fin. Les arbres ont le corps déchiqueté. Seule reste la lumière, qui baigne l'entrée de la grotte et cette cuvette brumeuse qu'est la vallée. « Descends avec moi », dit l'enfant comme en suppliant. « Non », répond Josef, pris d'une sérieuse quinte de toux. « Je veux que tu viennes avec moi, dit l'enfant. Tu tousses trop. Tu seras mieux à la ferme. Viens avec moi. » « Non, répond Josef. C'est ici que je vis, Gaspard. » Et il entreprend de faire un feu.

« Tiens, on dirait qu'il dort », pense l'enfant qui vient à lui ce matin-là, alors qu'une très fine neige a tout voilé et qu'à nouveau seule reste la lumière. Lentement, il s'agenouille pour toucher le corps de Josef, étendu sur sa litière de branches et de sphaignes. Du bout des doigts, oui, il le touche à plusieurs reprises, ses bras, ses joues, son ventre, puis il se met à crier. Pas des cris d'épouvante. Non. De simples cris d'enfant se découvrant seul face à la mort. Il crie, puis, aussi vite que ses petites jambes le lui permettent, il descend à la Haute-Folie, près de sa mère à qui il dit, très vite aussi : « Maman ! Maman ! Papa est mort ! » Il remonte alors à la grotte, s'agenouille près de Josef et lui explique qu'elle ne le croit pas. « T'en as pas, de père. Comment tu voudrais qu'il soit mort ? » La vérité, c'est qu'elle n'a jamais pardonné à Josef d'être parti si soudainement, sans un mot, sans un geste. La vérité, c'est qu'elle n'a jamais cessé de l'aimer.

Gaspard est calme, à présent. Allongé sur la litière de sphaignes, il saisit la pipe en écume de mer des doigts raidis de Josef, et la glisse entre ses lèvres. Ses propres lèvres d'enfant. Puis, imitant la voix de Josef, le plus naturellement du monde, il murmure que c'est ça, leur secret : que personne ne doit savoir, pour eux, pour la grotte, pour les rires et les jeux, pour les marches, pour le feu. Pour tout, dit-il. Ensuite il se redresse, il embrasse les joues de Josef, son front, sa poitrine, où même le plus petit souffle a passé. Et de sa voix d'enfant, cette fois, en faisant un effort inouï pour ne pas fondre en larmes, il dit qu'il est d'accord. « D'accord, papa. Ce sera notre secret. »

Et sur ces entrefaites, il se lève, empoche la pipe et reste là un moment encore, à reculer dans la grotte en contemplant le corps de plus en plus lointain de son père, comme un paysage qu'on survole, qu'on quitte, auquel on dit adieu.

Demain, il le recouvrira de terre.

LE FILS LAFLEUR

Et un jour, un jour à la fois perdu et à jamais vivant, maman nous a déniché une maison dans le Nord, dans la région des fjords – elle a vendu la ferme et ce fut comme si nous n'y avions jamais mis les pieds. Quand il m'arrivait d'en parler, durant ces mois interminables où nous prenions nos marques dans ce nouvel environnement, elle disait qu'on était des gens de la mer, des gens de l'eau et que la seule idée d'occuper une ferme la dégoûtait.

« Regarde-moi, disait-elle. Tu me vois en train de racler la merde de vaches et de veaux ? Et toi, tu te verrais dans une paire de bottes au milieu d'une telle puanteur ? »

« Non, disait-elle en prenant ma voix, c'est-à-dire comme si c'était moi qui parlais, bien sûr que non, je ne m'y verrais pas. » Puis : « Sincèrement, qu'est-ce qu'on ferait là-dedans ? Notre vie est ici. Dans la lumière, dans le vent. »

C'était une maison modeste, qui avait appartenu à son père, m'avait-elle expliqué, sans que je sache alors qui il était, ce père, une maison dont elle avait hérité et qui ne payait pas de mine, un poêle pour nous chauffer et cuisiner, une chambre pour nous deux (et un lit pour nous deux), une salle d'eau (sans eau courante), ainsi qu'un salon aux murs lambrissés de pin blanc. Elle avait cependant l'avantage de donner directement sur la mer. Si bien que, au terme d'une année, à force de sinuer entre les vagues et de plonger continûment depuis le ponton, mes cheveux avaient pris la couleur du sable et je ne parlais plus de la ferme. Mieux, je doutais réellement que nous ayons un jour pu vivre ailleurs, comme si un trou anciennement lumineux s'était refermé en moi, et que j'étais pour de bon né ici, dans ces terres plus au nord.

En somme, maman avait gagné : nous étions devenus des gens de la mer et tout ce qui avait eu lieu avant n'existait plus, car pour qu'une chose cesse d'exister, il suffit d'en effacer le nom, de l'envelopper de silence, soigneusement, religieusement. « T'as pas de père, comment tu voudrais qu'il soit mort ? » J'ai entendu cette phrase des dizaines de fois, jusqu'à ce que maman n'ait plus besoin de la dire, car j'avais bel et bien « oublié ».

Plus tard, lorsque je suis devenu marin-pêcheur, elle se postait sur le ponton et agitait la main en me regardant prendre le large. Je l'entends encore. « Il y a beaucoup de raisons d'être hanté en ce monde, Gaspard. Où que tu poses les yeux, tu peux être sûr qu'une guerre ou un fléau aura brisé des rêves. La clé, disait-elle, c'est de rester en mouvement. Le mouvement, c'est la joie. Rame, mon fils. Jusqu'au bout de ce qui est ta vie. »

Puis le bateau s'éloignait et je la regardais s'activer dans son petit carré potager, vider les poissons, tisser de grands paniers en osier et suspendre ses culottes de maille fabuleusement amples entre deux branches de saule, au milieu des bourrasques.

Je la regardais marquer nos draps de lit avec des fleurs qu'elle allait collecter dans les plaines, tapoter chaque pétale à l'aide de son maillet, puis sourire, sourire infiniment à mesure que le tanin imprégnait les draps, qui se mettaient à évoquer des territoires hantés et de vastes forêts.

À l'époque, j'étais amoureux d'une fille du village. Une certaine Hilma, fille de pasteur. Mais bien que je fusse fou amoureux, je ne lui parlais pas et j'osais à peine l'approcher. Je me sentais timide, dispersé et abstrait, comme si je ne vivais pas vraiment ce qui m'arrivait, ou que ce qui m'arrivait n'arrivait pas vraiment à moi – quelque chose de ce goût-là. J'avais un trou dans la poitrine.

Un problème à l'endroit du cœur.

Les années ont passé.

Je me contentais de travailler.

Un pêcheur solitaire. Dur à la tâche. Taiseux.

Je sentais que le poids sur mon cœur demeurait, mais je pensais que tout le monde connaissait ça. Oui, j'étais sincèrement convaincu d'être un gars comme les autres.

D'autres années ont passé, jusqu'à ce qu'une maladie qu'aucun médecin ne put nommer s'en prenne à l'énergie de maman, qui se mit à fondre, ne pouvant plus rien avaler.

Moi, avec Hilma dans un coin de la tête, je l'aidais du mieux que je pouvais, je lui faisais prendre ses médicaments, je l'allongeais sous l'oriel pour qu'elle profite de la vue marine, je l'enroulais dans son grand plaid et l'emmenais sur les îles au-delà du chenal. Là, nous faisions du feu, nous regardions les cerfs se prélasser dans les fougères et je la revois se demander comment des cerfs avaient bien pu atterrir là, sur des îles pas plus grandes que des grains de chapelet. Étaient-ils nés ici ? Mais comment ? Comment le premier cerf s'y était-il pris pour se retrouver à ce point coupé du monde ?

D'après elle, c'étaient des cerfs venus de nulle part. Sans racines. Sans passé. Tombés du ciel.

Et elle riait.

J'avais alors trente ans, je travaillais toujours comme pêcheur et n'osais toujours pas approcher Hilma. Quand j'essayais de lui parler, sous les lampions de la fête du village, je balbutiais, perdais mes mots et devenais stupide et sot.

La journée terminée, je restais de longues heures dans mon bateau.

Immobile.

Recueilli.

Comme un vase.

Calme.

Et pourtant pas en paix.

Après quoi, je marchais sur la laisse de mer en évitant les tests d'oursin, je fixais les oyats, les sternes, et en même temps que je les fixais, toutes sortes d'autres plantes et d'autres oiseaux vivaient en moi, comme en provenance d'un rêve que j'aurais fait un jour, puis oublié.

Des odeurs venues de je ne savais où, des chants venus de je ne savais où.

Je les sentais bruisser sous ma peau, en même temps que me revenaient des odeurs de paille et de foin.

La nuit tombée, je rentrais auprès de ma mère.

Je ne voulais pas la perdre.

Le matin de sa mort, une fois de plus, elle m'a parlé de la joie. Du mouvement et de la joie. Du fait d'aller de l'avant et de ne jamais se retourner sur son passé.

« À l'heure où je te parle, me confia-t-elle en me fixant droit dans les yeux, si tu t'enfonces loin dans les terres, tu verras des êtres rabougris, sans espoir, sans travail, sans argent, des êtres qui, si tu leur demandes pourquoi ils en sont là, dépouillés de tout bien, te diront que c'est à cause d'un dieu qui leur a tourné le dos, ou d'une pluie torrentielle qui a balayé leur foyer, ou d'un escroc qui a souillé leur nom. Une malédiction les aura frappés, le mauvais sort. Mais à la vérité, le ciel est vide et il n'y a personne à blâmer, aucune malédiction, aucun regret, juste du temps qui nous est offert et dont il faut prendre soin. Prends soin de ton temps, Gaspard. C'est ton seul bien. »

Plus tard, je me suis retrouvé seul, seul dans ces grands espaces toujours pleins d'eau, dans ces cuves à nuages, dans ces puits à poissons, et là, ce fut mon tour de tomber malade.

Je perdis du poids.

Je ne tenais plus sur mes pattes.

J'étouffais et crachais du sang.

Comme si le ballon rempli de vide et de silence, vide et silence de ma mère et moi réunis, et de mes aïeux, et de ma lignée, avait éclaté d'un coup au moment de sa mort, de sorte que toutes les choses que j'avais longtemps cru halluciner, tous les rêves et toutes les visions qui me hantaient, les odeurs de feu et de paille, et de bouse et de soleil, tout cela qui faisait comme un poids sur mon cœur, non seulement je compris que je ne les avais pas rêvées, mais qu'elles vivaient en moi. Depuis toujours.

Autrement dit ? Je n'étais pas malade. J'avais faim, simplement. J'étais affamé de comprendre. Affamé de tout ce qui ne m'avait pas été dit.

Qu'importe si celui qui s'apprête à briser le silence, si celui qui parle après que toute sa lignée s'est tue, si celui-là est pris pour un menteur ou pour un fou. À ce moment de mon histoire, moi, je ne pouvais plus faire autrement. Les trous d'ombre qui avaient digéré ma mémoire, je devais y plonger.

En une semaine, j'ai vendu la maison.

Un prix bas, mais peu importe.

Puis j'ai marché jusque chez Hilma, à qui j'ai dit cette chose sincère : « Je tiens follement à toi. Je pars, mais je reviendrai. »

Ensuite, je me suis mis en route.

J'ai salué la mer.

J'ai gravi des montagnes, suivi d'infinies lignes de crête, trouvé des vallées, arpenté des tourbières.

Lorsque le paysage s'est refermé, j'ai vu les hommes et les femmes dépossédés de tout bien dont me parlait ma mère.

J'ai marché une semaine comme ça, sans faire la moindre pause, depuis le pays des fjords jusqu'au pays des terres, et, au milieu d'un sentier qui sentait le fruit rouge, au milieu de nulle part, en me retournant, j'ai vu la grange, les vieux pommiers et quelques vaches dans les pâtures.

J'ai vu la Haute-Folie et je l'ai regardée comme si c'était moi-même ou un autre moi que je regardais, un moi longtemps perdu de vue, un vieux frère, un jumeau.

Et alors je me suis souvenu.

Je me suis souvenu que ce n'est qu'à l'instant où maman est morte, allongée contre moi dans notre lit unique, que j'ai vu pour la première fois ce bec qui lui barrait la face, ce bec qui n'avait jamais existé pour moi, ce bec que j'avais toujours refusé de voir, et j'ai pensé que ce qui est sous nos yeux est parfois le plus éloigné, quand ce qui est le plus éloigné, le plus caché, le plus secret, est souvent le plus proche. Et je me suis dirigé vers la ferme.

Dans la cour, un vieil homme était penché sur une faux, qu'il aiguisait, frottant une pierre sur le tranchant en faisant des mouvements d'essuie-glace. Je me suis avancé vers lui. Je me suis présenté. Il passait son doigt sur le tranchant pour éliminer le morfil et évaluer la qualité de l'affûtage, ce qui faisait un bruit d'étoile pilée, comme s'il lustrait un astre. Ensuite, il s'est tourné vers moi, il a posé sa faux, m'a serré la main en disant : « Viens, j'ai quelque chose pour toi. »

Nous avons fait le tour de la ferme. Nous sommes entrés dans le corps de logis, où sa femme, qui paraissait plus jeune bien que portant une robe-tablier à fleurs criardes, me servit du café. Elle me regardait. Elle me tournait autour comme si j'étais une apparition.

De temps en temps, elle se cachait la bouche en disant qu'elle n'y croyait pas. « Ça alors, disait-elle. Il est venu. Il est enfin venu. »

Puis le vieil homme a dit qu'il allait chercher quelque chose et on l'a entendu monter des escaliers, ces mêmes escaliers qu'un enfant, jadis, un enfant qui était moi et qui n'était pas moi, empruntait au moment d'aller se coucher, dans cette vie passée qui avait pris la forme d'un songe. Au bout de quelques minutes, le vieux est redescendu et m'a tendu une clé. « De la part de ta mère », a-t-il dit.

Et il m'a conduit vers l'ancien débarras, du moins ce dont je me souvenais comme étant l'ancien débarras, et, alors que j'enfonçais la clé dans la serrure, il m'a confié que quand maman avait vendu la ferme, elle avait dit : « À condition que cette pièce reste toujours fermée, pour que, s'il vient un jour, il y trouve ce qu'il cherche. »

Elle parlait de moi.

Ce que j'y ai trouvé ?

Tout.

Elle avait tout gardé.

Elle voulait que j'oublie, mais une mère est une mère et elle savait, sentait, se disait au fond d'elle que ce qu'on doit oublier ne se laisse pas nécessairement oublier, et que, tel un saumon, son fils éprouverait peut-être un jour le besoin inconscient de remonter à la source pour comprendre son histoire.

Tout.

Elle avait tout gardé, mis sous cloche.

Les cent vingt cahiers criblés des écritures de mon père, sa chemise d'épinceur, sa pipe en écume de mer, de vieilles lettres, une boîte d'allumettes, son bissac, sa casquette, des bouquets de fleurs séchées, son costume de marié.

Sur le parquet, une enveloppe m'attendait, renfermant ces mots que je connais par cœur : « Mon amour, j'ai pensé que si ton père n'existait pas, j'ai pensé que si on l'effaçait de tes souvenirs, tu ne te sentirais pas orphelin. Mais le passé est tenace. La preuve, tu es là. Être orphelin, c'est l'être à jamais. Toute une vie mangée par le manque. Ce que j'ai pu conserver de ton père, que j'ai aimé comme personne en ce monde et qui, comme personne en ce monde, m'a fait souffrir, se trouve entre ces murs. Fais-en l'usage que tu souhaites. Apprends ce que tu dois apprendre. Et n'aie pas peur de ce que tu découvriras. Je t'ai aimé plus fort que tout. Maman. »

Les jours qui ont suivi, je n'ai pas quitté la pièce.

Je touchais ses habits, fumais sa pipe. Mais je ne voyais pratiquement rien. Même la grotte, je ne m'en souvenais que de très loin, comme d'une chose floue, une fable ou l'écho d'un endroit fantôme.

De temps en temps, je me rendais à la cuisine où les vieux me servaient du café, où on mangeait des crêpes et riait en regardant la télé, sans qu'ils me demandent une seule fois ce que cachait cette pièce.

Puis j'ai ouvert les cahiers.

Et je n'ai plus pu m'arrêter.

J'ai tout lu : Gaspard, Blanche, Anna, Léo, Fermine.

Son immense solitude. Son goût de la marche. Son besoin de silence. Le manque, qui si souvent lui butinait le cœur. Son amour pour ma mère, que jamais il ne nomme « Bec ». Leur impossible amour. Douve. Ses années d'enseignement. Le temps de la carrière. Son errance. Et le reste : comment ma grand-mère Blanche assassina mon grand-père Jünger, comment Gaspard finit pendu dans la grange de Léo, comment Blanche en vint à s'ôter la vie et comment j'étais la fusion de tout ça, un mélange d'amour et de haine.

Aussi, sans m'en rendre compte, je me mis à emprunter les mêmes chemins que lui, à me poser dans les mêmes lieux, à dormir à la belle étoile dans les mêmes champs.

Une année comme ça.

À le traquer.

À le laisser renaître en moi et faire revenir ses yeux, sa peau et le grain si particulier de sa voix.

À me souvenir, à entrer dans cette chambre de mémoire sise au cœur de l'oubli.

Le dernier mois, je l'ai passé là-haut, dans notre grotte, sur une couche de sphaignes depuis laquelle je regardais le vol des milans et j'écoutais les bruits de la campagne, mais pas les bruits nouveaux de la campagne, non, ceux d'avant, ceux de cet autre monde où, à présent je m'en souvenais, j'avais été enfant. Un enfant aux côtés d'un vieil homme qui avait tout d'un sage, d'un fou.

Puis j'ai pris sa massette, j'ai pris sa chasse et j'ai sculpté à même le sol les mots : « Ici vécut mon père. »

Ensuite je suis rentré. Je suis revenu au pays des fjords où j'ai retrouvé Hilma.

Nous nous sommes mariés.

Nous avons eu un fils.

Niels.

Je suis resté pêcheur. Taiseux, naturellement.

Mais les nuits, chaque nuit, à mon tour j'ouvrais des cahiers. J'écrivais son histoire. Je veux dire : je m'allongeais contre lui. Je courais près de lui. J'étais lui. Pour que le silence ne gagne pas à la fin.

Merci à Joseph Jorssen, à Alexis Alvarez, Antón Alvarez et Pauline Warroquiers, à Carole Zalberg, Clara Ysé et Sophie d'Aubreby (pour votre amitié et pour vos conseils sur le titre), à Marie-Aude Cap, à Isabelle Kempen, à mes enfants et à Hélène (pour la joie au long cours). Un immense merci également à Charlotte von Essen (écrire en te sachant à mes côtés est un bonheur). Enfin, ma reconnaissance va à Karina Hocine et Antoine Gallimard, sans qui ce livre n'existerait pas.

Composition : IGS-CP à L'Isle-d'Espagnac (16)
Achevé d'imprimer
par CPI Firmin-Didot
à Mesnil-sur-l'Estrée, en juin 2025
Dépôt légal : juin 2025
Numéro d'imprimeur : 184545

ISBN : 978-2-07-310155-6/Imprimé en France

649258